ようこそ「べんり屋、寺岡」へ！

『べんり屋、寺岡《てらおか》の秋。』は『べんり屋、寺岡の夏。』に続くシリーズ第二弾《だん》です。

小さなべんり屋、寺岡をめぐる人々《ひとびと》の物語を、季節を変えてお届《とど》けできることを、たいへんうれしく思っています。

この本をひらいてくださって、ほんとうにありがとうございます。

中山聖子

べんり屋、寺《てら》岡《おか》の秋。
中山聖子

もくじ

一　潮風《しおかぜ》プリン……4
二　菓音《かのん》の親子……15
三　食事会……27
四　海鳥《うみどり》保《ほ》育園《いくえん》、運動会……38
五　運動会のあと……56
六　ゆうれいの声……65
七　前世だとか現世《げんせ》だとか……74

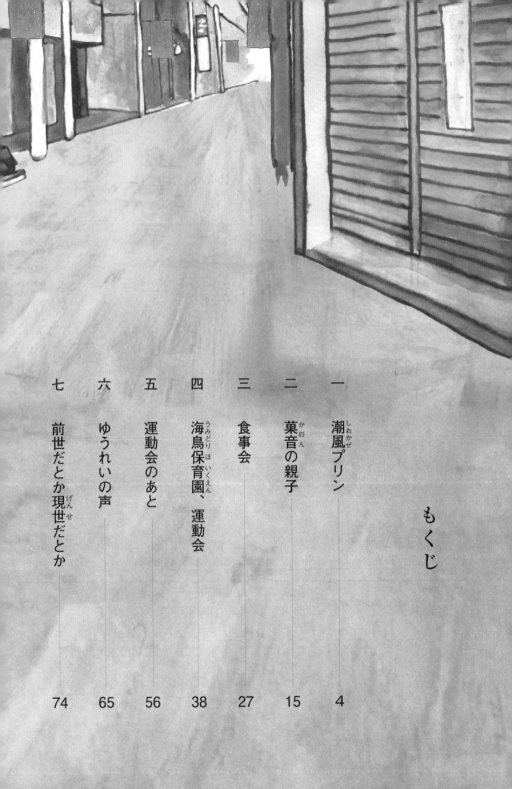

八　瀬戸《せと》の湯のおばさん　86
九　麗子《れいこ》さま VS おばあちゃん　100
十　トリック？　116
十一　父さんは元気か？　126
十二　ポーの黒猫《くろねこ》　134
十三　新作ケーキとお父さんの絵　149
十四　みんな元気！　160

一　潮風《しおかぜ》プリン

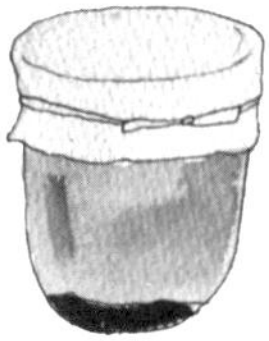

「て、こ、し……ぬす？」

いつもの朝より五分遅《おく》れて家を飛びだすと、コンクリートの門柱のそばに女の子が立っていた。

四歳《さい》、いや五歳くらいか。そこに貼《は》りつけられている小さな看板《かんばん》を読みあげていたけれど、どうやら濁点《だくてん》というものを知らないうえに、「ま」の字が読めないらしい。

「それ、てごします、って書いてあるんだけど。」

近づいて声をかけると、女の子は丸い目を大きく開いてわたしを見上げた。

耳のうしろでふたつに結んだ髪《かみ》の毛が、くるんと丸まっている。緑色のジャージの短パンに、クリーム色のスモック。大きなポケットがついたリュックを背負《せお》って、頭には黄色いぼうしをかぶっていた。

　坂を下ったところにある海鳥《うみどり》保育園《ほいくえん》のちびっこたちは、みんなこういうスタイルで通園している。この子もきっと、そこの園児にちがいない。

「てごしますっていうのは、お手伝いをしますって意味なんよ。おじいちゃんやおばあちゃんが、よく使うでしょ？」

　わたしが聞くと、女の子は首をかしげた。「てご」というのは、「手伝い」を表すこの地方の方言だけれど、今でも実際《じっさい》に使っているのは、お年寄《としよ》りばかりだ。

　女の子は、ゆっくりと首を元にもどすと、

「うち、おじいちゃんもおばあちゃんも、おらん。」

と言った。

「ああ、そう。えーっと、うちはここでべんり屋をしとるの。それで、いろんなことをお手伝いしますっていう意味で、てごしますって看板をかけとるんよ。」

　わたしの言ったことが、わかったのかわからなかったのか、女の子はきょとんとした表情《ひょうじょう》のままだった。

このあたりではあまり見かけない子だ。いったいどこの子だろう——と思いながら、女の子と見つめ合うような感じになっていたら、

「おはようございますっ。」

という声が、とつぜん上のほうから降《ふ》ってきた。

おどろく間もなく、坂の上から女の人がものすごいスピードでかけおりてきて、女の子の横で立ち止まり、

「すみれっ、ぼーっとしてないで、行くよ！」

と言ったかと思うと、女の子の手を引いてあっという間に行ってしまった。

わたしの家は、人がやっとすれ違《ちが》えるくらいの、細くて長い坂道の途中《とちゅう》にある。

白いシャツブラウスにジーンズをはき、大きなオレンジ色のバッグを肩《かた》にかけた女の人と、「すみれ」と呼ばれた女の子の背中《せなか》は、すぐに小さくなって消えた。

なんだあれ、と思っていたら、仕事用のカバンを手にしたお母さんが家から出てきた。

そういえば今日は朝から、千光寺山《せんこうじやま》の頂上《ちょうじょう》にある安堂《あんどう》みやげ物店へ、手伝いに行くと言っていた。

「あら美舟《みふね》、まだいたの？　急がないと。」

そう言われ、いつもより少し遅《おく》れていることを思いだす。

「うん、行ってきます。」

「はい、お母さんも行ってきます。」

お母さんはほほえんでうなずくと、坂を上りはじめた。同時にわたしは、反対方向にかけだした。

わたしが住んでいる尾道《おのみち》は、坂の町だ。

小高い千光寺山の斜面《しゃめん》には、何本もの細い坂道が、まるで葉脈のようにはりついている。そしてその坂道沿《ぞ》いに、たくさんのお寺や古い家々《いえいえ》が並《なら》んでいる。わたしの家は、その中のひとつ、木造《もくぞう》の日本家屋が多い中でちょっとだけ目立っている、三角屋根の洋館だ。

すり減《へ》って角の取れた石段《いしだん》や、古ぼけた石畳《いしだたみ》の坂道を上ると、あざやかな朱色《しゅいろ》をした千光寺《せんこうじ》の本堂があり、さらにそこから〈文学のこみち〉と呼ばれる山道をぬけていくと、瀬戸内海《せとないかい》を見下ろせる広い公園になっている。

反対に、坂を下って線路下の短いトンネルをくぐると尾道《おのみち》の中心商店街で、その向こうは、いくつもの小島をうかべる瀬戸内海だ。

おだやかな海をながめ、そこからやってくる潮風《しおかぜ》に吹《ふ》かれながら、わたしは毎日を過ごしている。

五年二組の教室で、真帆《まほ》はわたしの前の席に勝手に座《すわ》り、いすごとこちらに向いていた。そこは本来ほかの子の席なのだけれど、休み時間でトイレにでも行っているのか、今はいない。

「ああ、その親子だったら、たぶんカノンの人だと思うよ。坂の上のほうに住んどるって聞いたことがあるけん。ショートカットの女の人と、髪《かみ》の毛を結んだ女の子でしょ？

あの子、かわいいよね。」

と、真帆は言った。わたしは、朝見た親子の姿《すがた》を思いうかべながらうなずいた。

「うん、かわいかった。でも、なにそのカノンって。」

「お菓子《かし》の菓に、音楽の音って書いて菓音《かのん》って読むの。うちの近くにできた、ケーキ屋さん。」

「あ、そこなら知っとる。たしか、前は牛乳《ぎゅうにゅう》屋さんだったところよね。あのケーキ屋さん、菓音っていうんだ。」

真帆の家は、商店街のアーケードの中にある、フルールという小さな美容院《びよういん》だ。その前を少し進むと、海辺のボードウォークにぬける細い路地がある。

その路地の入り口近くに、以前は小さな牛乳屋さんがあった。足元はただのコンクリートで、壁《かべ》には水色のタイルが貼《は》られているという、時代から取り残されているような店だった。

一年ほど前にその店がたたまれて、しばらくしてからそこに新しいケーキ屋さんがオープンしたとき、わたしは好奇心《こうきしん》の強いおばあちゃんといっしょに行ってみた。

足元のコンクリートは木の床《ゆか》にかわり、天井《てんじょう》からは、ペンダントのようなかわいいライトがぶらさがっていた。ガラスの冷蔵《れいぞう》ケースには、フルーツをたくさん使ったケーキが並び、どれもおいしそうだった。

しかし、壁《かべ》には水色のタイルが貼《は》られたままだったし、ガラスがゆがんでいる木枠《きわく》の窓《まど》も、ガタガタと鳴る入り口の引き戸も、古いものがそのまま使われていた。

お金が足りなかったんだろうなあ、と思わせるような中途半端《ちゅうとはんぱ》なリフォームだったけれど、それがかえって、おしゃれに見えなくもなかった。

あのとき、ガラスの冷蔵ケースの向こうに立っていた人は、言われてみれば今朝の女の人だったような気がする。

「あそこの潮風《しおかぜ》プリンが、おいしくってねー。」

真帆《まほ》は、両手で自分の頬《ほお》をおさえてあごを上げ、目を閉じた。

「へえ、そうなん?　レアチーズケーキもおいしかったよ。レモンのつぶつぶが入っとって。」

わたしが言うと、真帆は両手を頬にくっつけたままで、二度うなずいた。肩《かた》のあたりで切りそろえられたまっすぐな髪《かみ》が、さらさらと動く。

「うん、あれもたしかにおいしい。瀬戸内《せとうち》レモンのなめらかレアチーズ、でしょ？　でも、潮風プリンはもっとおいしいんよ。このまえ、『あおぞらマルシェ』のグルメコーナーでも紹介《しょうかい》されとった。あの番組、美舟《みふね》も見た？」

「ううん、見とらん。」

そう言って首をふったけれど、ショートカットのわたしの髪は、ちっともゆれなかった。

『あおぞらマルシェ』は、日曜の午後の番組だ。わたしは、日曜日はたいてい家業であるべんり屋の手伝いに明け暮《あく》れているから、なかなか見ることができない。

なにせわが家は、売れない画家のお父さんがたよりにならないため、お母さんが小さなべんり屋を経営《けいえい》して生活を支《ささ》えている状態《じょうたい》なのだ。おばあちゃんがいっしょに働いているし、カズ君という従業員《じゅうぎょういん》もいるけれど、忙《いそが》しいときには、小五のわたしも労働力《ろうどうりょく》としてかりだされる。

昼間から、のんびりとバラエティ番組を見ていたという真帆《まほ》のことを、わたしは少しうらやましく思った。

しかし、そんなわたしの気持ちには気づかずに、真帆は楽しそうに話しつづける。

「あの番組、全国放送だけに反響《はんきょう》が大きかったみたいでね、潮風《しおかぜ》プリンのネット通販《つうはん》は、何か月も先まで予約でいっぱいなんだって。お店の前にもよく人が並《なら》んどって、すっごく忙しそうなんよ。潮風プリンはすぐ売り切れてしまうけん、なかなか買えんようになってしまった。」

真帆は、新しくできたお店や近所の出来事について、とてもくわしい。ひとりで美容《びよう》院《いん》を経営《けいえい》している真帆のお母さんが、お客さんや商店街の人たちから、いろいろな情報《じょうほう》を仕入れているからだ。そして真帆は、その情報をわたしに提供《ていきょう》してくれる。

「潮風プリンって、ほんのり塩味がして、まろ～んとしてて、本当においしいの。」

真帆は、まだ両手を頬《ほお》からはなさない。表情《ひょうじょう》はずいぶん違《ちが》うけれど、シルエットだけは、ムンクの『叫《さけ》び』みたいになっている。

「なにその、まろ～んって。」

「すっごくまろやかで、ほっぺがとろけそうなくらいおいしいってこと。水色の小さなガラスびんに入っとるのが、またかわいくってさー。」

潮風プリンがどんなにおいしいかを話す真帆をながめながら、わたしは、（それにしても真帆、ずいぶん日に焼けたな）と思っていた。まあ、わたしも人のことなど言えないくらい、こんがりと日焼けしているのだけれど。

五日ほど前の、九月の第三日曜日は、わたしの通う浜里《はまさと》小学校の運動会だった。暦《こよみ》の上ではもう秋だけれど、残暑の厳《きび》しい今年の日ざしはまだまだ強く、そんな中での練習や本番はきつかった。熱中症《ねっちゅうしょう》を予防《よぼう》するため、全国的には五月に運動会を行う学校が増《ふ》えていると聞くけれど、このあたりの小学校や幼稚園《ようちえん》は、今でもみんな秋に開催《かいさい》している。

なぜなら、この地域《ちいき》に住む人たちにとっての運動会は、ただの行事というよりも、秋祭りみたいなものになっているからだ。みんなが楽しみにしているものを、簡単《かんたん》に変更《へんこう》することはできないのだろう。

その一日は、児童の家族や親せきばかりでなく、卒業生から老人会まで、たくさんの人が運動場に集まる。キャスターつきの大きなクーラーボックスに、飲みものや食べものをつめこんでゴロゴロ引っぱり、はりきってやってくる。

わが家も例外ではなくて、両親とおばあちゃんが真帆《まほ》のお母さんと同じレジャーシートに座《すわ》って、今年も応援《おうえん》してくれた。運動の苦手なわたしは、せっかく見にきてくれた家族の前で、どんくさい姿《すがた》をさらすのが申《もう》し訳《わけ》なかったのだけれど、当の家族はそれもふくめて楽しんでいるようだった。

一方真帆は、徒競走でもなんでも一等賞で、かっこよかった。

「あー、なんかすごく食べたくなってきたよ、潮風《しおかぜ》プリン！」

ようやく頬《ほお》から手をはなした真帆がさけんだところで、チャイムが鳴った。

二　菓音《かのん》の親子

その親子をふたたび見たのは、それから三日後のことだった。べんり屋寺岡《てらおか》に、お客さまとしてやってきたのだ。

午後七時十五分。

おばあちゃんは、事務所《じむしょ》の奥《おく》から廊下《ろうか》でつながっている自宅《じたく》の台所で夕飯を作っていたし、従業員《じゅうぎょういん》のカズ君は、仕事を終えて帰っていったばかりだった。

お父さんは、ドア一枚《まい》で事務所とへだてられたアトリエにこもっていたから、たぶん絵をかいていたのだろう。

アトリエなんていうと、いかにもアートな空間を想像《そうぞう》しがちだけれど、うちの場合はそんなによいものではない。カンバスやイーゼル、作業用の大きな机《つくえ》などが置かれている横に、脚立《きゃたつ》やほうきやバケツといったべんり屋の道具もつめこまれている、ただの小ぎたない部屋なのだ。

話がそれてしまった。もとにもどそう。

とにかく、三日前の朝に出会った親子が事務所《じむしょ》に来たとき、そこにいたのは、お母さんとわたしだけだった。

お母さんは、事務所の奥《おく》に置かれた自分のデスクで書類の整理をしていたし、わたしはカズ君のデスクを借りて、宿題の計算ドリルをしているところだった。自分の部屋にもちゃんとした勉強机《づくえ》があるのだけれど、ひとりで勉強をしていると、ついマンガを読んだり居ねむりをしたりしてしまうのだ。

「こんな時間にすみません。」

と、頭を下げる女の人に、

「いえいえ、べんり屋の営業《えいぎょう》時間なんて、あってないようなものですから。」

お母さんはそう言って、事務所の真ん中に置いてあるソファをすすめ、自分もその向かいに腰《こし》をおろした。

わたしは、カズ君のデスクで計算問題を見つめながら、ふたりの会話に聞き耳を立てた。

「わたし、佐倉里砂《さくらりさ》といいます。この子は娘《むすめ》のすみれで、海鳥保育園《うみどりほいくえん》に通っています。半年ほど前から商店街で、菓音《かのん》っていう小さなケーキ店を経営《けいえい》しているんですけど。」

と、女の人は少し低めの声で話しだした。

「ああ、はいはい、そのケーキ屋さんなら知っていますよ。」

お母さんはそう言ってから、すみれちゃんのほうに顔を向けると、

「なんさい?」

と聞いた。すみれちゃんは、右手の親指と小指を折って三本の指を立て、

「よんさい。」

とこたえた。里砂さんが、あわてて小指を開かせる。

お母さんはちょっと笑って、

「それで、ご依頼《いらい》の内容《ないよう》は？」

と、里砂《りさ》さんのほうに顔をもどした。

「はい。あの、再来週の日曜日に、この子の通う海鳥《うみどり》保《ほ》育園《いくえん》の運動会があるんです。それに、家族として参加してほしいんです。」

「運動会の応援《おうえん》ですね。その日だったらだいじょうぶですよ。何人くらいで行けばよいでしょうか？　と言ってもうちは小さなべんり屋ですから、行けるとしたら、わたしとおばあちゃん。それから若《わか》い従業員《じゅうぎょういん》と、夫と娘《むすめ》くらいですが。」

当然のように、わたしも数に入っていた。ムッとしたけれど、しかたない。

「できれば三人とか四人とか、ふつうの家族くらいの人数で来てほしいんです。」

里砂さんの言葉に、お母さんはペンを持つ手を止め、首をかしげた。

「えーと、そちらからは、何人いらっしゃるんですか？」

「行きません。」

「え？」

「行かないんです。」

「ひとりも？」

「はい、ひとりも。」

里砂さんがきっぱり言っても、お母さんは、

「まさか里砂さんも、ですか？」

と、しつこく聞いた。

「はい。お店を休むわけにはいかないですから。この子の父親は、二年前に病気で亡《な》くなりましたし。」

お母さんは、「うん、うん」とうなずいたけれど、そのあとで「ああ、いやいや」と、首をふった。

「お忙《いそが》しいのはわかりますが、他人ばかりが応援に行ったのでは、すみれちゃんは不安だと思いますよ。せめてご親せきとかお友だちとか、どなたかいらっしゃいませんか？うちに依頼するより、そういう方にお願いされたほうがいいんじゃありませんか？」

べんり屋寺岡《てらおか》は、忙《いそが》しいばかりであまりもうかってはいない。だから、仕事だったらなんでもありがたいはずなのに、お母さんはどうも気乗りしないようだった。

「わたしたち、ここに引《ひ》っ越《こ》してきてから半年ちょっとしかたっていなくて、親しい知人や友人は、まだいないんです。」

「ということは、すみれちゃんにとっては、こちらの保育園《ほいくえん》に来てはじめての運動会になるわけですよね。だったらなおさら、心細いんじゃありませんか？」

「それはわかっているんですが、わたしのほうの親せきとは、理由があって縁《えん》を切っています。亡くなった夫には、親せきどころか家族もありませんでした。だからこうして、寺岡さんにお願いするしかないんです。もしお断《ことわ》りされたら、すみれはひとりで運動会に参加しなければならなくなってしまいます。」

里砂《りさ》さんはそう言って、「お願いします」と、頭を下げた。すみれちゃんはソファに両手をついて、たいくつそうに足をぶらぶらさせている。

お母さんは、少し間を置いて、

「では、こうしませんか？　うちの従業員《じゅうぎょういん》が菓音《かのん》のお店番をしますから、里砂さんのほうが運動会にいらっしゃるということに。」

と言った。けれど里砂さんは、首をふった。

「いいえ、うちの店は、今がいちばん大切なときなんです。潮風《しおかぜ》プリンの予約はいっぱいで、一日でもわたしが休んだら、その日のぶんの発送ができなくなってしまいます。」

「でも、そこをなんとか。」

「菓音がテレビで取りあげられてから、お客さまがたくさん来てくださるようになりました。正直なところ、ひとりではさばききれないほどです。ただ、こういうのって一時のブームのようなものだから、そのうちお客さまも少なくなっていくと思うんです。」

そこまで言って、里砂さんは声を強くした。

「だから今、ここでいかにお客さまに気に入っていただけるか、常連《じょうれん》さんになっていただけるかが、今後の経営《けいえい》にかかわってくるんです。今のがんばりに、これからの、わたしとこの子の生活がかかってるんです。」

里砂《りさ》さんの言葉に、お母さんは少しのけぞって、

「ああ、はい、わかりました。」

と、あっさり引き受けてしまった。里砂さんの迫力《はくりょく》に、負けた感じだ。

里砂さんは大きく「ほうっ」と息をつき、ようやく笑顔になった。

すみれちゃんは、背《せ》もたれにぐにゃりと全身を預《あず》け、きょろりきょろりと事務所《じむしょ》の中を見回している。

すみれちゃんが興味《きょうみ》を持つのも無理はない。この部屋は、べんり屋の事務所だというのにみょうにだだっ広《ぴろ》いし、カーテンが閉《と》じられたままの投薬窓口《とうやくまどぐち》があったり、緑の長いすがあったりするのだ。

うちは、以前は寺岡《てらおか》小児科内科医院という小さな病院だった。しかし、六年前にお医者さんだったおじいちゃんが亡《な》くなって、代々《だいだい》続いてきた病院の歴史は終わりを告げた。

それまでわたしは両親と東京で暮《く》らしていたのだけれど、ひとり残されたおばあちゃんを心配したお母さんが、いやがるお父さんを説得して、家族でこの尾道《おのみち》に引《ひ》っ越《こ》してき

た。

生活のために小さなべんり屋をはじめたのは、それからだ。

だからいまだに、ここはべんり屋の事務所というより、病院の待合室といった雰囲気《ふんいき》のほうが強い。お父さんのアトリエだって、もとは診察室《しんさつしつ》だった部屋なのだ。

すみれちゃんは、大きなあくびをひとつして、里砂さんにもたれかかった。

お風呂《ふろ》あがり、茶の間でお笑い番組を見ながらピオーネをつまんでいたら、洗《あら》いものを終えたおばあちゃんが横に来て座《すわ》った。

そして小さな声で「いやじゃねえ」と、つぶやいた。

「え?」

「運動会。行きたくないよ。」

「なんで運動会がいやなん? おばあちゃんには、やっぱりきつい?」

と聞くと、

「ちがう、そんなんじゃない。年寄《としよ》りあつかいされるのは好かん。」

おばあちゃんは、ちょっと口をとがらせた。

「じゃあ、なんで?」

「その女の子、さくらちゃんだっけ?」

「すみれちゃん。いや、名字はさくらだけど。」

ややこしい。

「そのすみれちゃんが、なんだかかわいそうでねえ。だってその子、まだ四つなんだろう? 見ず知らずの大人に囲まれてお弁当《べんとう》を食べるなんて、いやなもんだと思うよ。そんな状況《じょうきょう》、わたしだっていやだもの。」

そんなこと、わたしに言われたって困《こま》る。わたしに言うくらいなら、息子であるお父さんに言えばいい。いや、ふらふらしていてたよりないお父さんなんかより、しっかり者の嫁《よめ》である、お母さんに言ったほうがいいだろう。

「じゃあそう言ったら? お母さんに。」

わたしが言うと、おばあちゃんは首をふった。

「仕事のことについては、なんも言えん。」

ほかのことなら言えるのか？　と思ったけれど、たしかにおばあちゃんとお母さんは、近所の人から本当の母娘《おやこ》だと誤解《ごかい》されるくらい、いつもいろんなことを言い合っている。

「仕事のことは、なんで言えんの？」

と聞くと、おばあちゃんは小さなため息をついたあとで、

「息子があれだけん。」

と言った。

おばあちゃんは、売れない絵ばかりかいているお父さんのことを、お母さんに対して、少し申《もう》し訳《わけ》なく思っているようなのだ。

お父さんは、ここひと月ほどは家でじっとしているけれど、スケッチ旅行だの友だちの個展《こてん》の手伝いだのと言って、しょっちゅうあちこちに出かける。染色家《せんしょくか》の工房《こうぼう》に泊《と》まりこんで色づかいの勉強をしたり、仕事に追われるマンガ家の友人を手伝ったりして、

長期間家に帰ってこなかったこともある。

一方お母さんはべんり屋として、坂の多いこの町で暮《く》らすお年寄《としよ》りたちの、買い物や通院、掃除《そうじ》や犬の散歩など、日々《ひび》の生活を手助けしている。そして、わが家の家計をいっしょうけんめい支《ささ》えつづけている。

もしかするとおばあちゃんは、たよりないお父さんのぶんまで、自分がべんり屋の一員として働こうと思っているのかもしれない。

わたしは、なんだかおばあちゃんがかわいそうになってきた。

三　食事会

「せつない。なんかそういうのってせつないね。」

学校からの帰り道、真帆《まほ》が歩きながらそう言った。わたしが、すみれちゃんの話をしたからだ。

「うん、せめてすみれちゃんのお母さんが、ちょっとでも運動会に来てくれたらいいと思うんだけど。」

真帆はいったんうつむいて、それからくいっと顔を上げた。

「でも、その里砂《りさ》さんがたいへんなのもわかる。うちのお母さんも、ひとりで美容院《びよういん》を経営《けいえい》しながら、わたしとお兄ちゃんを育てとるでしょ？　やっぱ、すごくたいへんそうだもん。」

真帆《まほ》のお母さんとお父さんは、真帆がまだ幼稚園《ようちえん》に通っていたころに離婚《りこん》したそうだ。わたしはそのころ、東京に住んでいたから、くわしいことは知らないのだけれど。

「今は常連《じょうれん》さんができて、少しは余裕《よゆう》があるみたいだけど。お母さんがフルールをはじめたのは、わたしがすみれちゃんより少し大きいくらいのころだったけん、もう必死って感じやった。運動会には、お弁当《べんとう》のときしか来てくれんかったよ。でもうちの場合は、広島からおばあちゃんが来てくれとったし、お兄ちゃんもおったけん、まだよかったけど。」

「そうなんだ。」

うちだって、お父さんの絵があまり売れていないから、生活はとてもキビシイと思う。おばあちゃんは、いつも新聞の折りこみチラシで特売品のチェックをしているし、お母さんは、「十年以上も前の服がぴったりなのよ。どう？　このスタイル」なんて言いながら、得意になって流行遅《おく》れの服を着る。そしてわたしの服や靴《くつ》を買ってくれるときは、「子どもはすぐに大きくなるから」と言《い》い訳《わけ》をして、ちょっと大きめのサイズを選ぶ。

それでも、運動会に来てもらえないなんてことは一度もなかった。自分にとってはあたりまえだったことが、あたりまえじゃない子だっている。とくにすみれちゃんは、たったひとりの家族であるお母さんにも来てもらえないのだ。まだ、四歳《さい》なのに。

そう思ったら、真帆が言うように、なんだかせつなくなってきた。面倒《めんどう》くさいから運動会には行きたくないと思っていたけれど、やっぱりちゃんと応援《おうえん》してあげなくてはいけない気がした。

運動会を一週間後にひかえた日曜日の夜、里砂《りさ》さんとすみれちゃんは、うちで夕飯を食べることになった。

いくらなんでも、運動会当日に初対面ではすみれちゃんがかわいそうだと、おばあちゃんが食事会を提案《ていあん》したのだ。

その夜、里砂さんは少し疲《つか》れた顔で、すみれちゃんの手を引いてやってきた。「店のほう、大急ぎでかたづけたんですけど、遅《おそ》くなってすみません」と言いながら。

八畳《じょう》ほどの台所で、わたしとお父さん、お母さんとおばあちゃん、そして里砂《りさ》さんとすみれちゃんとカズ君の七人が、テーブルを囲んだ。

カズ君は一八〇センチの長身だし、お父さんは家にずっといるせいか、最近ちょっとメタボだ。顔も体も丸っこいおばあちゃんは、いすだろうがソファだろうが必ず正座《せいざ》をするというくせがあり、お母さんはとにかくよく動く。里砂さんはスマートで、わたしとすみれちゃんは子どもだけれど、なにせ七人だ。せまい台所は、ぎゅうぎゅうだった。

すみれちゃんは、はじめは里砂さんにべったりとくっついていたけれど、手巻《てま》きずしやからあげやミモザサラダという、おばあちゃんが思いついて作った〈子どもが好きなもの〉を食べているうちに、だんだんリラックスしてきたようだ。

カズ君がとなりに座《すわ》ったのも、よかったのかもしれない。

二十一歳《さい》、ギターが趣味《しゅみ》のカズ君は、ボロボロのジーンズをはき、銀のピアスをして、赤いTシャツを着ていた。カズ君のTシャツには、たいていドクロのイラストやロックバンドの名前などがプリントされているのだけれど、この日はなぜか胸《むね》に大きく『しば犬《いぬ》』という文字が書いてあった。もしかすると、小さな子どもに会うからと気をつかったのかもしれないけれど、その場合は『しば犬』なんて文字ではなくて、犬のイラストだろうと思う。

ところがカズ君は、そのいっぷう変わった見た目とは反対に、無口でやさしい性格《せいかく》だから、べんり屋寺岡《てらおか》のお客さま、とくにお年寄《としよ》りからは大人気なのだ。カズ君のほうも、お年寄りと関わるうちに福祉《ふくし》というものに興味《きょうみ》がわいてきたようで、来年の春には大学を受験して本格的《ほんかくてき》に福祉を学ぶことにしている。

すみれちゃんは、きっとカズ君のやさしさを見ぬいたのだろう。「からあげとって」とか、「ジュースおかわり」とか、里砂さんではなく、ぜんぶカズ君に向かって言っていた。里砂さんは、「すみません、すみません」と何度も頭を下げるし、カズ君のほうは、「いや、こんなの、なんともっす」と、口の中でもごもごとこたえていた。

大勢《おおぜい》で囲む食卓《しょくたく》は楽しかった。お父さんはあまりしゃべらなかったけれど、はじめからずっと顔の筋肉《きんにく》をゆるめてビールを飲んでいた。

お腹《なか》がいっぱいになると、すみれちゃんはアニメを見たいと言いだして、カズ君の手を引っぱって茶の間に移動《いどう》した。

お母さんは紅茶《こうちゃ》をいれ、里砂《りさ》さんが持ってきてくれたケーキをいただくことになった。

正直なところ、潮風《しおかぜ》プリンじゃないのは残念だったけれど、生産が追いつかないくらいの人気商品なのだからしかたない。

白い箱の中から、わたしはずいぶん迷《まよ》ってマンゴーのショートケーキを選んだ。潮風プリンがどんなにおいしいか知らないけれど、マンゴーケーキもじゅうぶんおいしい。

気づくとお父さんも茶の間にうつり、スケッチブックを取りだして、テレビを見ているすみれちゃんをスケッチしていた。

「こんなににぎやかな夕食は久《ひさ》しぶりです。すみれもあんなに楽しそうで。」

里砂さんは、すみれちゃんを見て目を細めた。

「いつも、食事はすみれちゃんとふたりだけで?」

いすに正座《せいざ》をしたおばあちゃんが、抹茶《まっちゃ》ムースを箸《はし》でつつきながら聞く。

「はい、ふたりで。」

「保育園《ほいくえん》が休みの日は、すみれちゃんはどこかに預《あず》けとるん？」

里砂さんは、おばあちゃんの言葉に首をふった。

「預けるところなんてありません。店の奥《おく》に小さな畳《たたみ》のスペースがあるので、そこでひとりで遊ばせてます。テレビとか、絵本とかおもちゃとかを運びこんでいるので。」

おばあちゃんは、なにかを言いたそうにしていたけれど、言葉が見つからないようだった。

「だいじょうぶです。すみれはしっかりした子ですから。」

里砂さんは、おばあちゃんの言いたいなにかをやんわりとはねつけるように言った。

「ごめんなさいね、立ち入ったことを聞くようだけど。」

タルトの上のブルーベリーにフォークをつきさして、お母さんが言った。

「ご親せきには、本当にたよれないの？」

里砂《りさ》さんは、少し間をおいて「はい」とうなずいた。

「うちの両親は、向島《むかいしま》で老舗《しにせ》の和菓子《わがし》屋をやっています。わたしと紀夫《のりお》さんが……、紀夫さんというのはすみれの父親なんですけど、結婚《けっこん》するとき、両親はずいぶん反対しました。」

「反対？」

「ええ、紀夫さんは家庭にいろいろと問題があって、赤ちゃんのころからずっと施設《しせつ》で育ってきたんです。そのことが、両親には気に入らなかったみたいで。ひどいでしょう？そんなこと、紀夫さんにはどうにもならないことなのに。」

「まあ、たしかに。でも、それだけ里砂さんのことが心配だったんじゃろう。」

おばあちゃんが言うと、里砂さんは大きなため息をついた。

「紀夫さんは、すごくまじめで前向きな人でした。わたしたち、神戸《こうべ》にあるお菓子の専《せん》門《もん》学校で知り合って、いつかふたりのお店を持とうねって約束して、貯金もして、ずっとがんばってきたんです。それなのに両親は、ずいぶんひどいことを紀夫さんに言いました。」

ひどいこと、というのがどんな言葉だったのか、里砂さんは口にしなかった。そこにいたみんなも、聞かなかった。聞かなくても、なんとなくわかる気がした。そのときの紀夫さんの、くやしくて悲しい気持ちも。

「それからずっと、ご家族とは会ってないの？」

お母さんが聞いた。

「はい。すみれが生まれたことも知らせなかったし、二年前に、紀夫さんが事故《じこ》で亡《な》くなったことも知らせませんでした。前に住んでいた神戸では、紀夫さんが働いていた洋菓子店のご夫婦《ふうふ》がとてもよくしてくれて、わたしもそこで働かせてもらいながら、なんとかすみれをここまで育てることができました。でも、いつまでも甘《あま》えてはいられないし、自分の力でしっかり生きていかなくちゃいけないと思って、尾道《おのみち》にお店を出すことにしたんです。安くてちょうどいい店舗《てんぽ》が、売りに出されていたので。」

「そう、たいへんだったのねえ。でも、そろそろ一度ご両親に連絡《れんらく》してみたらどうなのかしら。時間もたってることだし。すみれちゃんのことだって……。」

という、お母さんの言葉を、

「いいえ。」

と、里砂《りさ》さんはさえぎった。

「紀夫《のりお》さん、うちの両親にとてもひどいことを言われて、結婚《けっこん》も認《みと》めてもらえないまま、亡《な》くなってしまったんです。そのことを思いだすと、今でもかわいそうで。だからわたし、あの人たちには二度と会いたくないんです。」

里砂さんって、けっこう気の強い人なんだなあ、と思ったとき、

「あのー。」

カズ君が、茶の間からささやくような声で呼びかけた。

「なんか、寝《ね》ちゃったみたいなんすけど。」

カズ君のひざに頭をのせて、すみれちゃんはすやすやとねむっていた。お父さんが、リモコンをそっと手にして、テレビのスイッチを切った。

とたんに、少しだけ開けた窓《まど》の外から、たくさんの小さな鈴《すず》をふるわせるような虫の声が聞こえてきた。

わたしは、席を立ってすみれちゃんに近寄《ちかよ》った。

ぷっくりとした丸いほっぺも、ぽかんと開いた小さな口も、頭の横でバンザイをしているような両手も、すごくかわいい。やわらかく立ちのぼるすみれちゃんの寝息が、大人たちの話で重くなっていた部屋の空気を、ふんわりと軽くしていく気がした。

四　海鳥《うみどり》保育園《ほいくえん》、運動会

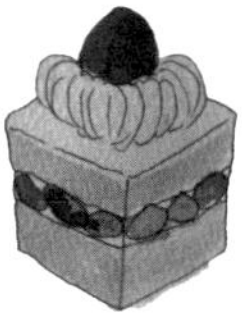

午前六時、花火がポーンと上がった。海鳥保育園の運動会だ。

その音で目を覚まし、ベッドの上からカーテンを開けると、朝の光が流れこんできた。

「よっしゃ、晴れ。」

とつぶやいてから、もうちょっとだけ寝《ね》ようと思って横になったところに、お母さんが部屋のドアを開けて、いきなり入ってきた。

「美舟《みふね》、おばあちゃん知らない？」

「あ、もうちょっと寝る。」

わたしは、ふとんを頭の上まで引っぱりあげたけれど、お母さんは、

「いや、それはこたえになってない。おばあちゃん、どこに行ったか知らない？」

と言いながら近づいてきて、ふとんをめくった。

「えー、知らんよ。おばあちゃんなら、事務所《じむしょ》か台所でしょ？」

「それが、どこにもいないのよ。五時半に起きたときには、もういなかったの。でもね、テーブルには巻《ま》きずしといなりずしがたくさん作って置いてあって。」

「じゃあ、すぐ帰ってくるんじゃない？」

「だといいんだけど……。美舟も、そろそろ起きて手伝ってちょうだい。あと、イカのマリネとキウイ入りの寒天を作るから。」

「え、お弁当《べんとう》もうちで作るん？」

「里砂《りさ》さんが用意するとはおっしゃってたんだけど、うちからも少し、ね。」

お母さんはそれから、「それにしても、どこ行っちゃったんだろうね、おばあちゃん」と、ぶつぶつ言いながら出ていった。

一階に下りて顔を洗《あら》い、台所に入ったときにはもう、料理はほとんどできあがっていた。

お腹《なか》がすいたので、お皿の上にあったおにぎりをつまみ、料理を重箱につめた。お茶やお手ふきを用意していたら、事務所《じむしょ》のチャイムが鳴った。

「美舟《みふね》、出てちょうだい。たぶんすみれちゃんだから。」

そう言われて事務所に走り、ドアを開けると、里砂《りさ》さんと体操服姿《たいそうふくすがた》のすみれちゃんが立っていた。

里砂さんは、はじめて会った朝と同じくらい急いでいるようで、

「おはよう、美舟ちゃん。」

と言うと同時に、わたしの首に大きなカバンをばさりとかけた。

「この中に、着がえ用の服とお弁当《べんとう》と、おやつと水筒《すいとう》と日焼け止めクリームと、タオルとカメラが入ってるの。汗《あせ》をかいたら、体操服を着がえさせてやってね。それから、日焼け止めクリームもときどきぬってやってちょうだい。すみれが出るところは、カバンのポケットに入ったプログラムにチェックしてあるので、記念写真をとってくれるとうれしいです。すみませんがほんとにくれぐれもいろいろご迷惑《めいわく》と思うけど、とにかくな

にとぞお母さんやおばあちゃんにもよろしくお願いします。」

最後はもう、わけのわからないことを一気にしゃべりきると、ひざを折ってすみれちゃんの目線におりてから、

「おしっこに行きたくなったら、がまんせずにちゃんと言うのよ。のどがかわいたら、すぐにお茶を飲むこと。それから、転んでも泣かずに起きあがる。わかった？」

と、まくしたて、わたしがなにか言うより先に、

「それではほんとにいろいろすみれをよろしくごめんなさいね。」

と頭を下げて、走っていってしまった。

坂の途中《とちゅう》に寝《ね》そべっていた子猫《こねこ》が、弾丸《だんがん》のようにかけおりてくる里砂さんにおどろいて、飛びのくのが見えた。

すみれちゃんの小さな手を引いて台所にもどると、もう準備《じゅんび》は終わっていた。お母さんは、洗濯物《せんたくもの》が入ったかごをかかえている。

「お父さんは？」

わたしが聞くと、お母さんは物干《ものほ》し場に出られる裏口《うらぐち》に向かいながら、

「先に場所取りに行ってる。今ごろ園庭に座《すわ》ってるはずよ。」

と言った。

「カズ君は？」

「それがねえ、急な用事で来られなくなっちゃったらしいのよ。すみませんって、さっき電話があって。こんなことはじめてだけど、しかたないわよね、カズ君は受験生でもあるんだし。模試《もし》かなにかがあるのかもね。」

「えー、すみれちゃん、カズ君は来られないんだってー。」

わたしが言うと、すみれちゃんはいっしゅんつまらなそうな顔をしたけれど、すぐに元にもどって、小さな声で「ふーん」と言った。

すみれちゃんくらいの子どもなんて、大人が心配するほど、傷《きず》ついたり悲しんだりしないものなのかもしれない。運動会に家族が来ようがべんり屋が来ようが、どっちでもいいのかもしれない。

それから時計を何度も見て、イライラしながら待っていたけれど、結局おばあちゃんは帰ってこなかった。ケータイにもつながらないので、しかたなく、わたしとお母さんとすみれちゃんだけで家を出ることにした。

「すみれねえ、ボールコロコロと、よーいどんと、こねこのダンスにでるの。あ、それから、たいそうもするよ。」

すみれちゃんは、自分が出場するプログラムのタイトルを大声で言い、スキップしながら坂道を下りていった。「こねこのダンス」というところでは、軽くにぎった両手を肩《かた》まで上げておしりをふって、猫《ねこ》のまねをしていた。

おばあちゃんが心配するようなことはなかったじゃないか、すみれちゃんは楽しそうじゃないか、と思ったわたしは、あさはかだったたと思う。

保育園《ほいくえん》の前の道路には、園児たちのおじいさんやおばあさん、お父さんやお母さんが、ぞろぞろと歩いて集まっていた。それぞれに、小さな子どもと手をつないだり、ベビーカーをおしたりしている。「ママー」とか、「お父さん！」という声が、あちこちで響《ひび》いていた。

それを見たすみれちゃんの足取りはしだいに重そうになり、笑顔が消えた。

もしかするとすみれちゃんには、里砂《りさ》さんが運動会に来てくれないという事実が、よく理解《りかい》できていなかったのかもしれない。説明されたときにはわかったような気がしていても、実際《じっさい》にそれがどういうことなのか、今になってはじめてわかったんじゃないだろうか。

お母さんも、すみれちゃんの変化には気づいたようで、「ほら、あそこに寺岡《てらおか》のおじちゃんがいるよ」と言ったり、「みんなで応援《おうえん》するからね」とはりきってみたりしたけれど、すみれちゃんに笑顔はもどらなかった。

荷物を置くと、わたしはすみれちゃんの手を引いて、入場門前の集合場所まで連れていった。そこでほかの子たちといっしょに並《なら》ばせようとしたけれど、すみれちゃんはうつむいたまま、わたしの手をはなさない。

どうしたらいいんだろうと思っていたら、若《わか》い保育士《ほいくし》さんが笑顔でやってきて、「すみれちゃんおはよう」と、声をかけてくれた。保育士さんには事情《じじょう》がわかっているのだろう。すみれちゃんの肩《かた》に手を置いて、列の前のほうに連れていってくれた。

「かわいそうねえ、やっぱり。」

応援席にもどると、首に白いタオルを巻《ま》いて、つばの広いぼうしをかぶったお母さんが、ため息まじりに言った。色あせたポロシャツにカーキ色のズボンをはいたお父さんは、デジカメをあちこちに向けている。

とつぜん、バチバチッとスピーカーのノイズが聞こえ、ハムスターが主人公のアニメソングが流れはじめた。園児たちが、入場門から行進してくる。大きく手をふる子たちに混《ま》じって、泣く子も笑う子も、手をふる子もいる。すみれちゃんは先生に手を引かれ、うなだれて歩いていた。明るい空の下で、すみれちゃんの小さな背中《せなか》だけが、どんよりと暗い。

「すみれちゃーん！」

とさけんで、お母さんが手をふった。けれど、すみれちゃんはこちらを見ようともしてくれない。

お父さんがシャッターをおすと、お母さんは、

「こんな写真、里砂《りさ》さんには見せられないわ。」

と、ため息をついた。

せめてこの場に、カズ君がいればよかったのだけれど、おばあちゃんもカズ君も、いったいどこに行ってしまったのだろう。

「ボールコロコロ」では、すみれちゃんと男の子がペアになり、大きなボールを転がしていくはずだったのに、すみれちゃんがつっ立ったまま動かないから、男の子がひとりでボールを転がした。「よーい、どん!」という徒競走では、みんなが観覧席《かんらんせき》の前を走るなか、すみれちゃんだけ先生といっしょに歩いてゴールだ。ダンスのときも、その場にじっと立っているだけ。

ビデオカメラを手にして夢中《むちゅう》で子どもを撮影《さつえい》するお父さんたちや、黄色い声援《せいえん》を送りながら手をたたくお母さんたちの横で、うちの家族は「すみれちゃん、がんばって」と、

むなしく声をかけつづけるしかなかった。

いくら家の仕事とはいえ、これではあまりにつまらない。お弁当《べんとう》を食べたらもう帰ろうかな、と思っているところに、

「遅《おそ》くなってごめんね。」

と、おばあちゃんの声がした。

ふりむくと、おばあちゃんばかりではなく、カズ君もそこに立っていた。

「やだー、おばあちゃん、どこに行っとったん?」

「ふたりとも、いったいどうしたの?」

わたしとお母さんの声が重なった。するとおばあちゃんが、

「うん。わたしとカズ君は、もう帰るけん。」

と言うから、またおどろいた。

「いや、いやいや、ちょっと待って。わけわかんないんですけど。」

わたしは言ったのだけれど、おばあちゃんはそれを無視《むし》して、

「代わりと言ってはなんだけど、この方がすみれちゃんを見てくださるから。」

と、うしろに立っている女の人をふりかえった。

おばあちゃんより少し若《わか》いくらいのその人は、紺色《こんいろ》の上着をはおり、グレーのズボンをはいて、体を縮《ちぢ》めるようにして立っていた。

里砂《りさ》さんのお母さんだというのは、ひと目でわかった。里砂さんより太っているし背《せ》も低いけれど、目や口元の感じがそっくりなのだ。

「浜野《はまの》と申します。このたびは、孫が本当にお世話になりまして。」

その人は、おでこがひざにくっつくんじゃないかと思うくらい、頭を下げた。

わたしもお母さんも、とつぜんのことに言葉を出せずにいたけれど、お父さんだけは、

「すみれちゃんはあそこですよ。」

と、園児テントの中を指さした。

どうしておばあちゃんがその人を連れてきたのかは、わからない。けれどその人は、えんりょがちにシートに座《すわ》ると、すみれちゃんの姿《すがた》を、じっと目で追っていた。

おばあちゃんがカズ君といっしょに帰ってしまうと、すぐにお昼になった。〈保護者《ほごしゃ》の方は、園児席までお子さまをむかえにきてください〉とアナウンスが流れたので、わたしは砂《すな》ぼこりの中をむかえにいった。

木かげにシートを敷《し》きなおして、お父さんとお母さん、そして浜野さんは座っていた。

浜野さんは、すみれちゃんを見ると、ゆっくりと大きな笑顔になった。けれどすみれちゃんは、いきなり仲間にくわわった浜野さんのことを、じろりと見ただけだった。すみれちゃんにしてみれば、尾道《おのみち》に来てはじめての運動会で、とくに親しくもないべんり屋の家族や、見たこともないおばあさんに囲まれているわけだから、ふきげんになるのも無理はない。むしろ、泣きださないだけえらいと思う。

里砂さんのバッグに入っていたお弁当箱《べんとうばこ》には、ピカチュウの形の小さなおにぎりとかからあげが、いろどりよく並《なら》べられていた。里砂さんが、今朝あんなにバタバタしていたのは、きっと時間ギリギリまで、このかわいいお弁当を作っていたからだろう。

わが家の重箱にも、でっかいいなりずしや巻《ま》きずし、玉子焼きやマリネやキウイ入りの寒天が並《なら》んでいる。

けれどすみれちゃんは、里砂《りさ》さんの作ったお弁当《べんとう》を少しだけ食べて、「もういらない」と言った。

かんぺきにすねている。こんな運動会、もうやめて帰ってしまったほうがいいんじゃないか。わたしはそう思ったのだけれど、浜野《はまの》さんは立ち上がって靴《くつ》をはき、そのままどこかへ行ってしまった。

気まずい空気の中でお弁当をほおばっていたら、浜野さんは汗《あせ》をふきながら帰ってきた。そして、足を投げだして背中《せなか》を丸めて座《すわ》っているすみれちゃんに、

「冷たいものなら、食べられるよね？」

と言って、いちご味のアイスクリームを差しだした。近くのコンビニで買ってきたらしい。浜野さんは、わたしのぶんも買ってきてくれていた。

すみれちゃんは、ようやくちょっとだけ笑顔になった。

集合のアナウンスが流れたとき、浜野さんは、すみれちゃんの手をとって連れていこ

うとしたけれど、すみれちゃんは身をよじって逃《に》げ、「じぶんでいける」と、走っていってしまった。

これがテレビドラマやマンガだったら、そろそろこのあたりで里砂さんが登場するはずだ。息を切らしてやってきて、すみれちゃんの最後のプログラムを見ることになるだろう。すみれちゃんは里砂さんに気づき、笑顔を見せて急にはりきる。

けれど、物事がそんなにうまくいくはずはない。残るプログラムの体操《たいそう》も、じっと動かないまま終わってしまった。

すみれちゃんは、結局ほとんどうつむいていただけなのに、プラスチックの大きな金メダルを首からかけてもらい、ノートやクレヨンの入った記念品のふくろをもらって、わたしたちの席にとぼとぼともどってきた。

「じゃあ帰ろうか。」

ひきつった笑顔でそう言い合っているところに、ようやく里砂さんが現《あらわ》れた。

タイミングが、悪すぎる。

里砂《りさ》さんは、走ってこちらに近づいてくると、まずわたしたちに頭を下げ、

「おばあさまが店を手伝ってくださっているので、ちょっとだけぬけてきました。」

と言って、そのあとすみれちゃんに向かって笑いかけた。そして、

「どうだった？　転ばずに走れた？　楽しかった？」

と、まるで空気の読めないことを聞き、

「わあすごい、すみれ、金メダルだね。もしかして一等賞？」

と追いうちをかけ、とうとうすみれちゃんを爆発《ばくはつ》させた。

すみれちゃんは、持っていた記念品をバシッと園庭にたたきつけると、ぽろぽろと涙《なみだ》をこぼして泣きだした。里砂さんがハッとしてすみれちゃんに手をのばす前に、うしろにいた浜野《はまの》さんが、すみれちゃんをそっとだきしめた。

そこではじめて、里砂さんは浜野さんの存在《そんざい》に気づいたようだ。

「あ」と口を開けたかと思ったら、すみれちゃんの腕《うで》をつかんで、浜野さんから乱暴《らんぼう》に引きはなした。そしてなにもしゃべらないまま、すみれちゃんの手首を持って、引き

ずるようにずんずんと歩きだした。

わたしとお父さんとお母さんは、ただ見ているだけだった。今日はもう最悪だ。いくら家の仕事だといっても、こんな状況《じょうきょう》はひどすぎる。

浜野さんは、すみれちゃんがたたきつけた記念品を拾うと、

「待って、ちょっと待って。」

と言いながら、追いかけはじめた。

けれど里砂さんは、ふりむきもせずに小走りで行ってしまう。すみれちゃんだけが泣きじゃくりながら、ふりかえって浜野さんを見ていた。

「待って。」

と言いながら走っていた浜野さんは、バランスをくずして、なにもないところで派手《はで》に転んでしまった。

「ああっ！」

とさけんだわたしたちの声に気づき、里砂さんは立ち止まる。すみれちゃんは里砂さん

の手をふりはらい、浜野《はまの》さんにかけよった。動きだそうとしたわたしの手を、お父さんがつかんでひきとめた。

すみれちゃんは、心配そうに浜野さんのそばにしゃがむと、その顔をのぞきこんだ。

浜野さんは、

「だいじょうぶ、だいじょうぶよ。」

と、すみれちゃんの小さな手を借りて、ゆっくりと起きあがった。

里砂《りさ》さんは、そこから一歩も動かない。そして、

「すみれ、こっちに来ないと置いていくよ！」

と、きつい声で言った。

あわてたすみれちゃんは、うしろをふりかえりながら走りだして、里砂さんに追いついた。

すみれちゃんの手をとった里砂さんは、さっきよりゆっくりとした歩調で歩きだした。

そのうしろを、浜野さんが小走りでついていく。

三人の背中《せなか》は、少しずつ遠ざかっていった。
門のところで、浜野さんは一度こちらをふりむいて、頭を下げた。
また、おでこがひざにくっつきそうなくらいに深いおじぎだった。

五　運動会のあと

「おばあちゃん、よく見つけたね、里砂《りさ》さんのお母さんのこと。」
一日中外にいてくたくたになったわたしは、やはり疲《つか》れた様子のおばあちゃんといっしょに、茶の間で横になっていた。夕食を簡単《かんたん》にすませたら、力つきて動けなくなったのだ。いつもなら、「おぎょうぎが悪い」と顔をしかめるお母さんも、今日は洗《あら》いものを終えたあと、台所のテーブルにつっぷしている。
「老舗《しにせ》の和菓子《わがし》屋さんって聞いとったからね、とにかく向島《むかいしま》まで行ってみたんよ。あの島には幼《おさな》なじみが住んどって案内してもらえたし、カズ君がついてきてくれたし。そもそも、小さな島だけんね。あのあとカズ君には、勉強しんさいって言うて、家に帰らせた。」

おばあちゃん自身は、あれからすぐ菓音《かのん》に行き、里砂さんが少しでも運動会に行けるようにと店を手伝っていたらしい。

それでも休日だけあってお客さんが多く、結局最後のプログラムにも間に合わなかったのだけれど。

「浜野《はまの》さん、すみれちゃんのことを聞いて、びっくりしとった？」

と聞くと、おばあちゃんは「いーや」とこたえた。

「里砂さんが尾道《おのみち》でケーキ屋さんをしとることも、すみれちゃんのことも、もう知っとられたよ。テレビを見た近所の人が教えてくれたし、自分でもずっとさがしておられたみたい。おもちゃの入ったふくろを両手にさげて、何度も菓音の前まで行ったんだって。でも、中に入る勇気がなくて、いつもそのまま帰っとったらしい。」

テレビというのは、真帆《まほ》の言っていた『あおぞらマルシェ』のことだろう。

「お父さんのほうは、なんか頑固《がんこ》そうな人じゃった。いっしょに運動会に来てくださいってたのんだんだけど、急に店を休むことなんてできんって、ちょっと怒《おこ》られた。そりゃあ、そのとおりなんだけど。」

「浜野《はまの》さんと里砂《りさ》さん、あれからどうなったかなあ。」

天井《てんじょう》を見ながらわたしが言うと、

「んー。」

おばあちゃんは、低い声でうなった。ゴロンと寝《ね》ころんでいる丸い体は、ゴマフアザラシのようでちょっとかわいい。

そのとき、ふいに事務所《じむしょ》のチャイムが鳴った。わたしたち三人は、ほぼ同時に顔を上げた。

「また運動会の依頼《いらい》だったりして。」

わたしの言葉に、

「やだもう、やめてよ。」

と、顔をしかめて出ていったお母さんは、少ししてから白い小箱をかかえてもどってきた。

「あっ、それ！」

「うん、潮風《しおかぜ》プリンだって。里砂さんが持ってきてくださった。いろいろと、ごめんなさいって。さっき、フェリー乗り場まで浜野さんを送っていったんだって。」

「え？　浜野さん、里砂さんの家には泊《と》まらずに帰ったの？」

わたしが言うと、お母さんは小箱を開けてプリンを取りだしながら、

「でも、運動会のあとから今までいっしょにいたっていうだけで、今日はもうじゅうぶんなんじゃない？」

と言った。

それからわたしたちは、はじめて潮風プリンを食べた。

真帆《まほ》が言っていたように、丸みのある水色のガラスの器はとってもかわいかったし、ほんのちょっとだけしょっぱくて、とろりと甘《あま》いその味は、今まで食べたどのプリンよりおいしかった。わたしが、

「まろ～ん。」

と、目を閉《と》じて顔を上げたあとで、

「こりゃ、はやるわけじゃねえ。」

「ほんとにおいしい。」

おばあちゃんとお母さんは、うなずきあった。

「ところで、なんでおばあちゃんは、浜野《はまの》さんをさがそうなんて思ったん？」

と聞くと、おばあちゃんは「ん？」と軽くあごを上げ、少し間をおいてから言った。

「だれかとけんか別れしたまま、それが永遠の別れになる、なんていやだろう？　人間には、いつなにが起こるかわからんのだけん。」

わたしとお母さんの、プリンを食べる手が止まった。

「うちが、そうだったみたいにね。」

おばあちゃんの言葉は、ふだんはすっかり忘《わす》れていることを思いださせた。

いつも明るいわが家の中にも、すみっこのほうには光の届《とど》かない場所があること。そしてそこには、おばあちゃんやお父さんの涙《なみだ》やため息が、まるでほこりのように積もっているということを……。

お父さんは高校を卒業したときに、芸術《げいじゅつ》関係の大学に行くことに反対していたおじいちゃんと大げんかをして、この家を飛びだしたそうだ。おじいちゃんはお父さんに、医学部に行って病院をついでほしいと思っていた。たとえそれがかなわなくても、芸術関係の大学に行くのだけはやめてほしかったらしい。

お父さんは、自分の気持ちを通そうとしてずいぶん暴《あば》れ、おじいちゃんはとうとう、「もうお前はうちの息子じゃない、せんべつとして学費は出してやるけれど、二度とここにはもどって来るな」と言ったのだとか。それまでも、絵ばかりかいていたお父さんと、もっと勉強をさせたかったおじいちゃんは、うまくいっていなかったのだという。

結局、お父さんは芸術大学を出て売れない画家になり、大学で知り合ったお母さんと勝手に結婚《けっこん》をして、そのまま東京で暮《く》らした。お母さんは、おじいちゃんやおばあちゃんとのつながりをなんとか保《たも》とうと、ときどきわたしを連れて尾道《おのみち》に来ていたけれど、お父さんは一度も家に帰らなかった。

おじいちゃんが急な病気で死んでしまうまで、ずっとだ。

お父さんとおじいちゃんは、とうとう仲直りしないまま、二度と会うことができなくなってしまったのだ。


おばあちゃんは、いつもより少し細い声で言った。

「智波《ちなみ》さんは、夕暮《ゆうぐ》れどきに患者《かんじゃ》さんがとだえると、よう病院の外に出ていって、坂の下をだまってながめとったんよ。あれは航平《こうへい》が帰ってくるのを、待っとったんだと思う。」

智波というのはおじいちゃんの名前で、航平はお父さんのことだ。

「小さなころから航平はあの坂を上って、ただいまーって帰ってきよったけんね。夕方になったらなんとなく、坂を上ってくるような気がしたんじゃろう。わたしもね、夕食の支度《したく》をしとったら、航平の声が聞こえることがよくあった、母さんただいまって。もちろん、空耳なんだけど。」

そこまで言うと少しうつむいて、首をふった。

「小さな意地をはりつづけたばっかりに、智波さんは航平に会えんままで死んでしもうた。そんなことを考えとったら、昨日の夜はとうとうねむれんようになってね。それで今朝、思いきって向島《むかいしま》まで行ってみることにしたんよ。」

おばあちゃんには、家族とけんか別れしたままの里砂《りさ》さんと、若かったころのお父さんの姿《すがた》が、重なって見えていたのだ。そしておそらく、里砂さんやすみれちゃんに会いたくてたまらなかったはずの浜野《はまの》さんと、おじいちゃんや自分の姿も。

わたしはしばらくぼんやりしていたけれど、

「おいしい。」

という、おばあちゃんの声にハッとした。おばあちゃんはもうすっかり笑顔になって、スプーンを口に運んでいる。

わたしもお母さんも、またプリンを食べはじめた。

「おーい、足ふきマットがないぞー！」

お風呂場《ふろば》から、お父さんがさけんでいたけれど、みんな聞こえないふりをして食べつづけた。そのくらい、里砂《りさ》さんの作った潮風《しおかぜ》プリンはおいしかった。

「おーい、足ふきマットってばあ。」

部屋のあかりが、水色のガラスの器にあたって、キラリと光った。

六　ゆうれいの声

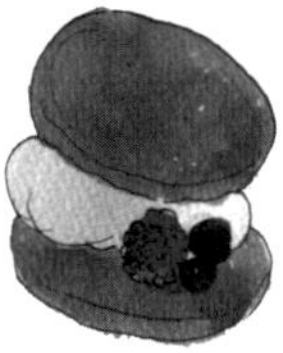

秋の陽《ひ》に照らされた景色はくっきりと縁《ふち》どられ、すきとおった風の向こうから、あざやかに目に入る。吸《す》いこむ空気はわき水のようにひんやりしていて、胸《むね》の奥《おく》まで一気に流れこんでくる。

そんな気持ちのよい日だというのに、国語の時間のしょっぱなから、初美《はつみ》先生と目が合ってしまった。「やばっ」と思ったときにはもう遅《おそ》く、

「じゃあ、今日は寺岡《てらおか》さんに読んでもらおうかな。」

と、初美先生はわたしに向かって笑いかけた。

今年の春から、浜里《はまさと》小学校は作文教育のモデル校というのになっている。だれが決めたのかは知らないけれど、しょっちゅう作文を書かされる身としては、迷惑《めいわく》なことこの

上ない。

一週間に一度のペースで作文を書かなくてはならず、国語の授業《じゅぎょう》では、最初の五分間でだれかがその作文を発表させられる。作文は、全員が授業のあとで提出《ていしゅつ》しなければならないから、いいかげんに書くことはできない。

将来《しょうらい》の夢《ゆめ》や家族のこと、本の感想や旅行記など、みんなそれぞれに書いてきたけれど、秋にもなるとさすがにネタがつきてくる。それで、元気なおじいちゃんを病気にしてみたり、親友とケンカをしたことにしてみたりと、題材をねつ造《ぞう》する者まで現《あらわ》れはじめた。

もちろん、まじめなわたしは、そんなことはしない。けれど、ねつ造に手を染《そ》める子たちの気持ちも、わからないことはない。

行く先々《さきざき》で殺人事件《さつじんじけん》に出くわすアニメの主人公などと違《ちが》って、何枚《なんまい》もの作文のネタになるようなことが、ふつうの小学生にそうそう起こるはずはないのだ。

ところがこのたびの作文を、わたしはわりと苦労せずに書くことができた。ちょうどわが家に、よい材料が転がっていたからだ。

わたしは立ち上がり、深呼吸《しんこきゅう》をひとつしてから、作文を読みはじめた。

「ゆうれいの声　五年二組十六番　寺岡美舟《てらおかみふね》。わたしの家には、ゆうれいが出ます。」

ここで、クラス中が低くどよめいた。腕《うで》を組み、うつむいて聞いていた初美《はつみ》先生が顔を上げると静かになったので、わたしはそのまま読みつづけた。

「正確《せいかく》に言うと、ゆうれいの声が聞こえます。はじめて気づいたのは、一週間ほど前のことでした。部屋で寝《ね》ていたわたしは夜中の一時に、低くて不気味な声で目を覚ましました。それは、家族のだれの声でもありません。二階で寝ているのはわたしだけなので、ほかの人はいないはずなのです。

男の人のものとも女の人のものとも思えないような声は、コップかなにかを口にあててしゃべっているようでした。体中にトリハダがたち、少しのあいだ動けなくなりました。

お念仏《ねんぶつ》を唱えているような声はずいぶん聞きとりづらかったのですが、耳をすますと、『血を吸《す》うぞー』とか『早く落ちろー』と、言っているようでした。意味がわからないぶん、よけいに恐怖《きょうふ》が増《ま》しました。ガタガタガタと物音がする、ラップ現象《げんしょう》も起こりました。

このままだと、呪《のろ》い殺されてしまうかもしれないと思ったわたしは、思いきってベッドを出て階段《かいだん》をかけおりました。わたしの足音に気づいて、一階の和室で寝《ね》ていたお母さんが、すぐに起きてきました。お母さんにゆうれいのことを話したのですが、なかなか信じてくれません。お母さんといっしょに、おそるおそる部屋までもどってみると、もうなにも聞こえなくなっていました。

翌朝《よくあさ》、家族のみんなには、寝ぼけたのだろうと笑われました。

けれど、ぜったいに寝ぼけたわけではありません。なぜなら次の日の午前一時にも、まったく同じ声が聞こえたからです。前の夜と同じように、『血を吸《す》うぞー』とか、『落ちろー早く落ちろー』と、言っているようでした。」

ここまでくると、クラスがふたたびざわつきはじめた。

「やめろよ、こええよ。」

「いやだあ、夜、トイレに行けん。」

あちこちから声があがって、次第に大きくなっていった。中には、となりの席の女子に向かって、

「血を吸うぞー。」

と低い声で言っている男子もいたけれど、女子からは、

「はいはい、こわいこわい。」

と、軽くあしらわれていた。

初美《はつみ》先生が、

「はい、落ちつこう。みんないったん落ちつこう。」

と、両手をあげてひらひらしたけれど、それでもおさまらなかったものだから、

「こら、うるさいっつーの！」

と、右手で黒板をバシッとたたかなければならないほどだった。

初美先生は、一気にしんとした教室を見てうなずくと、アイスブルーのブレザーとス

カートに散ったチョークの粉をはらって、

「はい、寺岡《てらおか》さん続き。」

と、何事もなかったような顔で言った。

「わたしは、急いでお母さんを呼びにいきました。そしてその日はお母さんも、ゆうれいの声と物音を聞きました。それは五分ほどで静かになったのですが、もうねむることができなくなってしまいました。そこで思いきって、お母さんといっしょに納戸《なんど》をのぞいたり、部屋のクローゼットを開けてみたりしたのですが、だれもいませんでした。

その日からわたしは、一階の茶の間にふとんを敷《し》いて寝《ね》るようにしています。

ゆうれいは、なにかをうったえたくてわたしの前に出てきているのかもしれませんが、わたしは毎日まじめに学校に通い、家業のべんり屋だって手伝っているのです。死んだ人間にかまっているひまなどありません。もしゆうれいに言葉が通じるとしたら、とにかくさっさとうちから出ていってくれと言いたいです。」

わたしは作文を読みおえると、初美《はつみ》先生をじっと見た。こんなオカルトじみた話では、

ねつ造《ぞう》を疑《うたが》われるかもしれないと、胸《むね》がドキドキした。初美先生は、真剣《しんけん》な顔でわたしを見つめかえして、

「寺岡さん。」

と言った。

「はい。」

「それは創作《そうさく》なのかな、それとも本当のこと？」

「本当のことです。」

わたしの返事を聞いて、初美先生はなにかを思いきるように、「はいっ」と短く言ってうなずいた。

「その不思議な現象《げんしょう》の原因《げんいん》がわかったら、また作文に書いて教えてね。」

わたしは、ほっと息をついていすに座《すわ》った。

ところが、せっかく静かになった教室の真ん中で、いつもうるさい野々村《ののむら》が、

「寺岡んちはべんり屋なんじゃけえ、おはらいすればいいんじゃない？」

と、つぶやいた。

　こいつは、いったいどういうかんちがいをしているのだろう。

うちは、お寺や神社や教会ではないし、家族は祈祷師《きとうし》でも陰陽師《おんみょうじ》でもないのだ。ただの小さなべんり屋で、だれも特殊《とくしゅ》な能力《のうりょく》など持っていない。どうやって、おはらいなんてしろというのだ。だいたい、死んだ人間にかまっているひまなんてないという作文を、今読んだばかりなのだ。

　それなのに、ほかの男子も調子に乗って、

「べんり屋なら、悪霊退治《あくりょうたいじ》くらいできるじゃろう。」

「なんまんだぶなんまんだぶ。」

と、口々《くちぐち》に勝手なことを言う。

　すると、初美《はつみ》先生がふたたび大きな声を出した。

「はぁい、今よけいなことを言った野々村《ののむら》君、生田《いくた》君と磯村《いそむら》君は、明日の朝までに作文を書いてきて提出《ていしゅつ》すること。タイトルは自由だけど、原稿用紙《げんこうようし》三枚《まい》以上ね。ちゃんと、きれいな字で書くんよ。」

初美先生は、いつもおしゃれで女子力の高い先生だ。けれど、うるさい男子どもにはようしゃない。

わたしは、「よしよし」とつぶやいて、教科書に目をうつした。

七　前世だとか現世《げんせ》だとか

「男子って、ほんとばかよねー。おはらいの意味とか、ぜんぜんわかっとらんよ、きっと。」

帰り道で、真帆《まほ》が言った。茶色のカーディガンをはおった真帆は、夏服のときよりずいぶんお姉さんに見える。わたしは、ウサギのイラストがついたトレーナーなんて着てくるんじゃなかったと、後悔《こうかい》していた。

「まったく。なんでべんり屋に悪霊退治《あくりょうたいじ》ができるなんて思うんだろう？」

ため息まじりにわたしが言うと、真帆は「うん、うん」とうなずいた。

「まあ悪霊退治は無理にしても、声の正体くらいは、お父さんに調べてもらえばいいのに。このままじゃ、気持ち悪いでしょ？」

真帆が言うのも、もっともだ。いちおううちには、お父さんと呼ばれる人がいる。世間では、父親というのはとてもたよりになる存在《そんざい》らしい。でも、うちの場合は違《ちが》うのだ。

「声の正体を調べてとは、言うとるんよ。このままじゃ、あんまり気持ち悪いから。そしたらお父さん、わかったって言うの、夜の十時ごろまではね。でも、午前一時まではいから、絵でもかいて待つかってアトリエにこもって、そのままねむってしまったり、一杯《いっぱい》飲んで待つかってビールを飲んで、よっぱらってねむってしまったり。それで文句《もんく》を言ったら、謎《なぞ》は謎のままがいいんだ、おばけの正体をあばくのなんてつまらんぞって、ひらきなおるんよ。」

「へえー。」

「もう、ほんと腹立《はらた》つけん。お母さんなんて、あれ以来ほとんど二階には上がれんようになったくらいこわがっとるのに。」

「おばあちゃんは？」

「おばあちゃんも、あんまり気にしてない。っていうか、いいねえおばけは、って言う。

仕事もせんで、夜になったらふらふら出てきて、いいご身分だって。」

「それって、おばあちゃん、ふらふらしいね。」

「うん。おばあちゃんちゃんらしいね。」


気づくと、商店街の中まで来ていた。

和菓子《わがし》屋さんのガラス戸には、『栗《くり》かのこ』とか、『柿大福《かきだいふく》』とか書かれた紙が貼《は》ってある。雑貨《ざっか》屋さんの前には、ハロウィン用の大きなかぼちゃのランタンが置かれていて、ブティックのマネキンが着ているのは、厚《あつ》いコートだ。

こんな季節に、ゆうれいなんて似合わないのだけれど……。

仏壇《ぶつだん》屋の前を通ると、ふっと線香《せんこう》のにおいがただよってきた。

「真帆《まほ》は、ゆうれいって信じる？」

そう聞くと、真帆はあごを引いて「んー」とうなり、

「いやあ、見たことないけん。」

と言った。

「わたしも、今までは半信半疑《はんしんはんぎ》だった。でも、今回みたいに不思議な声を聞くと、やっぱり本当におるんかなって気になってくるよ。」

「まあ、声を聞いたら信じるよね。」

真帆は深くうなずいた。

「でも、死んだ人たちがどんどんゆうれいになっていくとしたら、日本の人口密度《じんこうみつど》すごいよね。いや、ゆうれい密度か。このへんも、きっとゆうれいだらけ。」

わたしが言うと、半歩前を歩いていた真帆は、くるりとこちらをふりむいた。

「いや、そうはならんと思うよ。」

そして、そのままうしろ向きに歩きながら言った。

「死んだ人は、どんどんゆうれいになるばかりじゃなくて、あの世に行ったり生まれ変わったりって、進路がいろいろと分かれとるみたいだけん。」

「あー、そうか。」

「わたしだったら、さっさとあの世に行きたいなあ。何年も何十年も、ずっとゆうれいのままなんて、たいくつでたまらんもん。どうやったらあの世に行ったり、生まれ変わったりできるんだろう。」

「死んだことないけん、わからんよ。」

「だよねー。」

うなずいてから、真帆《まほ》は体の向きをもどして歩きだした。それからすぐに、

「あっ、そういえば。」

と言った。

「瀬戸《せと》の湯のおばさんは、自分の前世のことを知っとるらしいよ。」

瀬戸の湯というのは、美容院《びよういん》フルールの二軒《けん》となりにある銭湯《せんとう》だ。古くからある銭湯で、近所の人のサロン代わりになっている。

真帆のお母さんも、お店がひまなときによく行って、男湯と女湯に分かれる前のロビーでおしゃべりをしているらしい。ちなみにうちのお母さんは、夕方の忙《いそが》しい時間に、ときどきフロントを手伝いに行っている。真帆のお母さんと瀬戸の湯のおばさん、それか

らうちのお母さんは、だいたい同じくらいの年齢《ねんれい》なのだ。

「瀬戸の湯のおばさん、こないだ麗子《れいこ》さまのところで、あなたの前世はイタリアの歌姫ですって言われたんだって。それですっかりその気になって、ボイストレーニングに通いはじめたの。そしたらおどろくほど上達して、いつか瀬戸の湯でリサイタルを開こうかなんて話にもなっとるらしいんよ。前世が歌姫だったっていうのも、まんざらうそでもないんじゃないかって、うちのお母さんは言っとる。」

「その麗子さまって、なにもの？」

わたしが聞くと、真帆は少しおどろいたように目を見開いた。

「えっ、知らんの？」

「知らん。」

「このへんじゃ、けっこう有名なんだけど。」

「そうなん？」

「いやごめん。このへんっていうより、このへんのおばさんたちに有名なんだけど。

ちょっと前まで、千光寺《せんこうじ》の階段《かいだん》を少し下りたところに、ボロボロの大きな家があったでしょ？　不思議な形の二階建て。」

「うん、そういえば。」

そんな家があった。三角形の土地にむりやり建てられたような、木造《もくぞう》の二階建てだった。いったい築《ちく》何十年なんだろうっていうくらい、古くて大きな家だった。でも、そこはたしか解体《かいたい》されて、今はかわいいカフェになっているはずだ。

「あそこに、月子《つきこ》ばあさんって人が住んどったんよ。小さくて腰《こし》が曲がった、八十歳《さい》くらいのおばあさん。目がほとんど見えなかったんだけど、ふつうの人には見えんようなことは、よく見えとったんだって。前世とか、現世《げんせ》のいろんなこと。それで昔から、なやみごとがあったり迷《まよ》ったりした人たちが、月子ばあさんにどうすればいいか聞きにいっとったらしいよ。」

「へーえ。」

初耳だった。おばあちゃんやお母さんは、知っているのだろうか。

「ところが、その月子ばあさんが三年前に病気で亡《な》くなって、家は解体《かいたい》されてしまったの。それで、そういうことはもう終わりなんかと思っとったら、娘《むすめ》の麗子《れいこ》さまって人が、駅の裏《うら》のあたりで同じようなことをはじめたらしいんよ。」

「母親は月子ばあさんなのに、娘は麗子さまっていうの？　なんかそれ、ずいぶん差がない？」

「うん、あるね。」

「周りがそんなふうに呼びはじめたのかな。それとも、自分でさまって呼ばせとるん？」

わたしが聞くと、真帆《まほ》は首をかしげた。

「で、その人はなんなの？　神とか、神に選ばれし人？」

真帆はこたえず、眉《まゆ》を寄《よ》せた。

「ちょっと、インチキくさいんですけど。」

わたしが言うと、

「でも、そういうインチキくさいことって、おもしろいよ。宇宙人《うちゅうじん》とかカッパとかもそうだけど、そんなんありえんとわかっとっても、わくわくするっていうか。」

真帆《まほ》はそう言いながら、その場でぴょんっととびはねた。さっきはずいぶんお姉さんぽく見えたのに、今は小さな子どもみたいだ。反対に、わたしは落ちついた声で言ってあげた。

「いや、麗子《れいこ》さまはどうかと思うけど、宇宙人《うちゅうじん》とカッパはおるよ。」

その夜、茶の間で洗濯物《せんたくもの》をたたんでいるお母さんのそばに行き、体育座《すわ》りをして聞いてみた。

「お母さん、麗子さまって人のこと、知っとる?」

お母さんは、バスタオルをていねいにたたみながら、

「麗子さまねえ。このところ瀬戸《せと》の湯でよく話題になってるし、二日ほど前にはとなりの中川《なかがわ》さんがうちに来て、麗子さまがどうのこうのって、おばあちゃんと話してたけど。たしか、前世うらないみたいなことをする人でしょう?」

と言った。

「うん。よくわかんないんだけど、ふつうの人には見えないものが見えるんだって。前世だとか、この世のいろんなことだとか。」

お母さんは、洗濯物をたたむ手を止めて顔を上げた。

「美舟《みふね》は、前世なんかに興味《きょうみ》があるの？」

わたしはちょっと考えてから、「いや、ないなあ」とこたえた。

「前世が、王様だろうが泥棒《どろぼう》だろうが、今のわたしには関係ないもん。今の寺岡《てらおか》美舟を、がんばるしかないって思う。」

「お母さんも、そう思うよ。」

お母さんは、にこっと笑ってうなずくと、たたみおわったバスタオルをタオルの山に重ねて、上からポンッとたたいた。

「でもね、お母さんにそう思わせてくれたのは、美舟なんだ。」

「え、わたし？　わたし、なんにもしとらんけど。」

わたしは目を丸くしたのだけれど、お母さんは「ううん」と、首をふった。

「美舟《みふね》は、生まれたての赤ちゃんを見たことないでしょ？」

「うん、ない。」

「生まれたばかりの赤ちゃんってね、そりゃあきれいなのよ。」

「きれい？　かわいいんじゃなくて？」

「そう、きれいなの。十一年前、お母さんは生まれたての美舟をだいて、ああ、赤ちゃんって、なんてきれいなんだろうって思った。澄《す》んだ目をして、すべすべの肌《はだ》で、やわらかなにおいがして。なんていうか、まっさらなんだなあって感じたの。人は、こんなにまっさらなところから人生をはじめていくんだって思ったら、胸《むね》がふるえた。そのときの気持ちを思いだすと、前世なんてどうでもよくなっちゃう。」

それからお母さんは、

「これは美舟の服だから、自分の部屋に持っていってね。」

と言いながら、たたんだ洗濯物《せんたくもの》を差しだした。

両手で受け取った洗濯物からは、ふわっとお日さまのにおいがした。

八　瀬戸《せと》の湯のおばさん

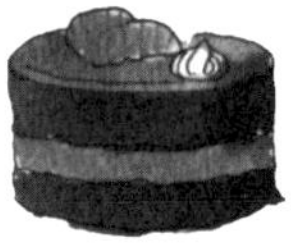

今日のカズ君は、茶色い髪《かみ》を立てて、黒いレザーのパンツをはいている。長そでTシャツは濃《こ》い紫《むらさき》で、胸《むね》にはなぜか大きく『地底人』と、たて書きされていた。

なぜ『地底人』なのだろう。そしてこんなものを、どうしてカズ君はふだん着にしているのか。理由はわからないけれど、なんだかあやしい。

こんなあやしい青年に、里砂《りさ》さんはよく大切な娘《むすめ》であるすみれちゃんを預《あず》けるものだと思う。いくらすみれちゃんが、かぜぎみで保育園《ほいくえん》に行けないからといっても。そのうえ本人が、「すみれ、かずくんにあずけられたい」と言ったからだとしても。

カズ君は、事務所《じむしょ》の出窓《でまど》の下にある長いすに座《すわ》り、すみれちゃんにおりがみを折ってあげていた。すみれちゃんはカズ君と並《なら》んで、真剣《しんけん》な顔でミドリガメが折られていくのを見つめている。

わたしは鶴《つる》かやっこさんくらいしか折れないのだけれど、カズ君はさっきから本を見ながら、カエルやパンダ、バラやあじさいまで、器用に折ってはすみれちゃんを喜ばせていた。

「カズ君、なんでそんなにおりがみが上手なん？」

とわたしが聞くと、

「ああ、えと、教えてもらったけん。真琴《まこと》、さんに？」

言葉が切れぎれで、最後はなぜか疑問形《ぎもんけい》になっているのは、たぶん照れているからだ。なにせ真琴さんというのは、二十一歳《さい》のカズ君にとって、はじめての彼女《かのじょ》なのだから。

真琴さんは、なぎさ園という老人施設《しせつ》に勤《つと》めている介護士《かいごし》さんだ。ふだんお年寄《としよ》り相手の仕事をしているから、リハビリにもなるおりがみは得意なのだろう。

納得《なっとく》したわたしは、慶事用《けいじよう》切手を封筒《ふうとう》や返信用はがきに貼《は》るという、単純《たんじゅん》作業にもどった。切手を貼りおえたら、はがきを封筒の中に入れていかなければならない。

せっかくの土曜日だというのに、わたしはお母さんのデスクに座《すわ》って、仕事を手伝っている。目の前のデスクにいるおばあちゃんが、結婚式《けっこんしき》の招待状《しょうたいじょう》にあて名書きをして、わたしが切手を貼《は》るという連携技《れんけいわざ》だ。

もともとこれはお母さんの仕事なのだけれど、お母さんは台所で大掃除《おおそうじ》の真っ最中だから、しかたなくわたしが代わりを引き受けている。

お母さんはこのところ、『サクサクかたづけ術《じゅつ》』という本にハマっていて、ひまを見つけては、家のかたづけをしている。『サクサクかたづけ術』とは、とにかく不必要なものをサクサクッと捨《す》ててしまって、必要最小限《さいしょうげん》のものだけでシンプルに暮《く》らしていきましょうという、ベストセラー本だ。

夜中にゆうれいの声が聞こえるようになるまで、お母さんは二階の納戸《なんど》を、ずいぶん熱心にかたづけていた。

そこは、以前はおじいちゃんの書斎《しょさい》だった部屋で、医学書や古い手紙、小説やノートやアルバムなどが山積みになっていた。おじいちゃんが亡《な》くなったあと、おばあちゃんは思い出の品々《しなじな》になかなか手がつけられなかったらしい。

しかも、わたしたちがこの家に越《こ》してきたとき、お父さんの勉強部屋だった部屋をわたしが使うことになったため、お父さんの子ども時代の荷物を、ぜんぶその書斎に移動《いどう》させた。

それ以来、ものであふれかえった書斎は納戸として放置されてきたのだ。

ところが、最近のゆうれいの声騒動《そうどう》で、お母さんは二階に上がるのをいやがるようになり、納戸の掃除を中断《ちゅうだん》してしまった。

そこで、次に目をつけた台所を、今は掃除しているというわけだ。

「かずくん、こんどはこれおって。」

すみれちゃんが、そばに置いてあったおりがみの本を指さして、カズ君に見せている。

カズ君は、

「これっすか？　むずかしいっすねえ、カマキリ。」

と、首をかしげていたけれど、

「でも、がんばりマッスル。」

と言って、作りはじめた。軽くふるえるほど寒いギャグなのに、すみれちゃんはケラケラ笑った。

カズ君は、体操《たいそう》のお兄さんや歌のお姉さんのように、おどったり歌ったりしてすみれちゃんを喜ばせることはない。いつもと同じぼそぼそとした話しかたで、ときには独特《どくとく》の敬語《けいご》まで使って会話をする。それでもすみれちゃんは、カズ君といるととても楽しそうだ。

小さい子ってわかんないなあ、と思っていたら、

「こんにちはっ。」

という声とともに、事務所《じむしょ》のドアがとつぜん開いて、大きなインコが飛びこんできた。

なんでインコ？　と思ったすぐあとで、それがド派手《はで》なセーターのもようなのだと気がついた。青と黄色が混《ま》じったインコの姿《すがた》と、緑の植物が編《あ》みこまれた、目にもあざやかなセーターだった。

セーターの主は、瀬戸《せと》の湯のおばさんだ。もともと派手な人ではあったけれど、イタリアの歌姫などと言われたことが影響《えいきょう》しているのか、派手さにみがきがかかったように感じられる。

「あらまあ百合《ゆり》さん、いらっしゃい。」

おばあちゃんは、正座していたいすから下りてあいさつをした。わたしは、瀬戸の湯のおばさんが、百合という名前なのだとはじめて知った。

すみれちゃんは、右手でカズ君の『地底人』Tシャツをにぎりしめ、おびえたような顔をしている。カズ君はやさしく「じゃあ、次はなにを折ろうか」と、すみれちゃんに聞いた。

おばあちゃんがすすめるより先に、百合さんは勢《いきお》いよくソファに腰《こし》をおろした。おばあちゃんはその向かいに正座して、テーブルの上に置いてあったキャンディポットのふたを開けて差しだした。

「どうしたん、百合さんがうちに来るなんて、めずらしいねえ。」

百合《ゆり》さんはミントのあめを取りだして小ぶくろを開け、口に放りこむと言った。

「いえね、こないだからうちのあたりで、寺岡《てらおか》さんのところにゆうれいが出るっていううわさが広まっとってねえ。それで、なんか心配になってしもうて。」

「へえ、そのことで、わざわざ来てくれたん？」

「うん、まあ……。」

「そりゃあ、ありがたいことです。でも、うちにゆうれいが出るなんて、いったいだれが言うとるん？」

おばあちゃんは、かすかに顔をしかめた。

「こないだの日曜日、浜里《はまさと》小の野球の少年団《しょうねんだん》が試合帰りにやってきてね、大声でそんな話をしとったの。うわさが立ったんは、それからだと思うんだけど……。」

百合さんの言葉に、どきんとした。野球の少年団といえば、野々村《ののむら》たちだ。

あいつらめ！　と思った直後に、そもそもゆうれいのことを教室で堂々《どうどう》と話してしまったのは自分だと考えて、怒《いか》りにふくらみかけていた胸《むね》は急にしぼんだ。

「あのう、それ、たぶんわたしの作文のせいだと思います。でも、まさか銭湯《せんとう》にまで話が伝わるなんて。」

わたしが口をはさむと、

「あら美舟《みふね》ちゃん、銭湯をあなどっちゃいけん。銭湯いうんは、昔っからいろんな情報《じょうほう》の集まるところだけんね。」

百合さんは、胸《むね》のインコをぐんっとつきだすようにして言った。せまい町では、なんでもつつぬけだ。

「で、どうなん？　寺岡さんちには、本当にゆうれいが出るん？」

「ゆうれいなんて、出るもんかね。ただ、うちの二階で人の声みたいなのが聞こえるっていうだけ。夜中にね。あ、物音もするんだったかな。」

おばあちゃんがのんきに言うと、百合さんはずりずりとソファの上でおしりを動かして、「それ、りっぱなゆうれいだから」と言いながら、向かいに座《すわ》っているおばあちゃんのほうに近づいていった。

「そういうことを、放っといちゃいけん。なんか悪いモノがおって、たたられたりしたらどうするん？」

背《せ》すじがぞくっとした。悪いモノって、なんなんだ？

けれどおばあちゃんは、へらっと笑って、

「あら、ほうかねえ。」

と、言っただけだった。

「ほうよ。早くなんとかしたほうがええよ。」

百合《ゆり》さんは、おばあちゃんの態度《たいど》に少しイラついているようだった。

「なんとかって言うても。」

「寺岡《てらおか》さんには、夕方の忙《いそが》しい時間にいつも手伝うてもろうて、本当に感謝《かんしゃ》しとるんよ。だけん、こんなときくらい力にならせて。」

「力？」

「麗子《れいこ》さまならちゃんと見てくださるけん、いっしょに行ってみようよ。」

「はあん？」

おばあちゃんは、まぬけな声を出して口を半開きにした。

「人間の力ではなかなかわからんことを相談したら、麗子さまは、なんでもこたえてくださるけん。」

「はあ。」

「きっと、その声のことだってわかるから。そしたら、どうすればそれが解決《かいけつ》できるか、具体的に教えてくださると思うんよ。麗子さまの言うとおりにしとったら、まちがいないけん。」

百合さんが前のめりになっておばあちゃんに近づけば近づくほど、おばあちゃんは体を引いていった。

そして、もうそれ以上は引けないというところまできたときに、百合さんが、

「今日の午後、ちょうど麗子さまの家で、お導《みちび》き会っていうのがあるけん。わたし、じつはそれにさそいに来たんよ。昨日の夕方、明子《あきこ》さんにも声をかけたんだけど、断《ことわ》られ

てしまって。それで、直接《ちょくせつ》ここに来たの。」

と言った。明子《あきこ》というのは、うちのお母さんのことだ。

お導《みちび》き会だなんて、超《ちょう》うさんくさい。でもまさか、おばあちゃんがそんなところに行くわけないだろう、と思っていたら、

「うん、じゃあ行ってみる。」

と、返事をしたからおどろいた。

「えーっ。」

わたしが目を丸くしたのもかまわず、おばあちゃんは、

「でも、今はとにかく、あて名書きを仕上げんといけんから。」

と言って立ち上がった。百合《ゆり》さんは、

「ああよかった。」

と、右手を胸《むね》にあて、

「じつはわたし、前回のお導き会のとき、今度は寺岡《てらおか》さんもいっしょに参加しますって、

勝手に言うてしもうたんよ。」

と言った。本当に勝手だ。

百合さんは、あきれて口を開けたわたしには気づかずに、

「時間は午後二時。地図をかいてきたけん、向こうで待っとるよ。」

そう言うと、手がきの地図をバッグから取りだしてテーブルに置き、来たときと同様にバタバタと事務所《じむしょ》を出ていった。

「へんなひとー。」

と、すみれちゃんが笑った。

「おばあちゃん、麗子《れいこ》さまって人のこと知っとったん？」

おばあちゃんはデスクのいすに正座《せいざ》しながらうなずいた。

「名前だけは知っとるよ。月子《つきこ》ばあさんの娘《むすめ》さんじゃろ？　月子ばあさんは、うちの病院によく来る患者《かんじゃ》さんで、ええ人だったよ。航平《こうへい》が家を出ていったときもずいぶん心配してくれて、きっと時が解決《かいけつ》してくれるよって、なぐさめてもくれた。娘の麗子さまの

ほうには、会ったことないけどねえ。」

「それにしても、なんでおみきびち、おちみびき、ん？」

「お導《みちび》き会。」

「そう、それに行くなんて言うたん？」

わたしが少しきつい口調で言うと、おばあちゃんは、眉《まゆ》を下げて笑った。

「じつはね。となりの中川《なかがわ》の奥《おく》さんから、麗子《れいこ》さまのお導き会のことを調べてほしいって、依頼《いらい》されとるんよ。なんでも、中川さんのご主人の友だちが熱心にすすめてくるらしくて。中川さんは半信半疑なんだけど、ご主人のほうは、最近体調がすぐれないこともあって、麗子さまに治してもらえるんなら行ってみたいって言いはじめたんだって。でも、おかしな団体《だんたい》だったら困《こま》るけん、調べてほしいらしいよ。だからその調査《ちょうさ》をかねて、ちょっと行ってくるわ。」

「そんなあ。そんなところに行って、おばあちゃんまで悪いことに巻《ま》きこまれたらどうするん？」

「わたしが？　まさか。」

おばあちゃんはそう言って、「ふんっ」と鼻で笑った。

九　麗子《れいこ》さま　VS　おばあちゃん

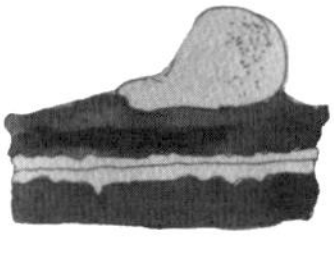

「ねえ、なんでわたしまでいっしょに行くわけ？」

そう言うと、おばあちゃんは

「子どもがいっしょのほうが、敵《てき》もゆだんすると思うけん。」

と言いながら、坂道を下っていった。左のひざが痛《いた》いらしくて、体が少し右にかたむいている。

おばあちゃんにとって麗子さまは、すっかり敵という立場になっているらしい。

それにしても、だれかの名前に「さま」なんてつけて呼ぶのは恥《は》ずかしい。呼ばれるほうは、もっと恥ずかしいと思うのだけれど、どうなのだろう。

灰色《はいいろ》のくもり空からは、今にも雨が降《ふ》ってきそうだ。坂下の海も、ぼんやりとしずんだ色をしている。

線路下の短いトンネルをぬけ、右に曲がってしばらく歩いた。コンビニの前を通り、郵便《ゆうびん》ポストのある角を曲がって、古い住宅街《じゅうたくがい》に入るとすぐにその家はあった。

青い瓦《かわら》屋根の平屋で、シラカシの生垣《いけがき》に囲まれている。見た感じはごくふつうの民家だけれど、車が六、七台はとめられそうな駐車場《ちゅうしゃじょう》があった。玄関《げんかん》の横にかかっている、高級そうな陶板《とうばん》の表札には、名前ではなく〈お導《みちび》きの家〉と書かれていた。

おばあちゃんは、手にしていた地図をもう一度見て確認《かくにん》すると、

「ここだ、ここ、ここ。」

と言った。それから、ためらうことなくベルをおした。

少し間をおいて、静かに開いた引き戸の向こうに立っていたのは、おっとりとした笑顔の、小柄《こがら》なおばさんだった。大福もちを思いださせる丸顔に、ちょっと垂《た》れぎみのやさしい目をしている。

「ようこそいらっしゃいました。」

と言われたときには、ほっとするような気持ちになった。

「わたしは寺岡《てらおか》という者ですが、あなたが麗子《れいこ》さま？」

おばあちゃんは、とつぜんたずねた。こういうのを、ぶしつけというのだろう。けれど、おばあさんは気を悪くしたふうもなく、

「いいえ、わたくしはコダマといって、お導《みちび》き会のお世話係のひとりです。さあ、こちらにどうぞ。」

と、手のひらを上にして、わたしたちを招《まね》き入れた。

コダマという名前が、児玉《こだま》という名字なのか、それともなにかべつの意味がある名前なのかはわからなかった。

家の中には、かすかにお香《こう》のかおりがしていた。

すべての窓に、うす紫《むらさき》色のレースのカーテンがかけられ、廊下《ろうか》はピカピカにみがきあげられている。通された和室は八畳《じょう》の二部屋続きで、そこに十五人ほどの人たちが、座《ざ》布団《ぶとん》を敷《し》いて座《すわ》っていた。

赤ちゃんをだいた若い女の人や、二十代くらいの男の人、おばさんやおばあさんと、さまざまだ。そこには、とても和やかな空気が満ちているように感じられた。

部屋の中にいた百合《ゆり》さんは、わたしとおばあちゃんに気がつくと笑顔になって、「こっちこっち」と、大きく手まねきをした。地味な服装《ふくそう》の人が多いなか、ド派手《はで》な鳥が迷《まよ》いこんで羽ばたいているようだ。

そこにいた人たちは口々《くちぐち》に「さあ、どうぞこちらへ、こちらへ」と言って、真ん中あたりを空けてくれたり、座布団を敷いてくれたりした。

部屋の中央に行くのは恥《は》ずかしかったけれど、おばあちゃんが、「あらまあそうですか、ではでは」と言いながらずうずうしく奥《おく》に入っていったので、しかたなくそれに続いた。

腰《こし》をおろすと、百合さんが

「よう来てくれたね。」

と、うれしそうに言った。じつは、お導き会の様子をさぐるという仕事をかねているのだと思うと、ちくりと胸《むね》が痛《いた》んだ。

五分ほどすると、廊下《ろうか》の奥《おく》のほうに行っていたコダマさんがもどってきて、

「麗子《れいこ》さまがいらっしゃいました。」

と言い、そこにいた人たちは、きちんと正座《せいざ》をして背《せ》すじをのばした。

ああ、これからきっと、黒ずくめの服を着た魔女《まじょ》のような人が登場するのだ。そう思ってわくわくしていたわたしの前に現《あらわ》れたのは、ただのきれいなおばさんだった。

五十歳《さい》くらいだろうか、銀色っぽい着物を着て、髪《かみ》を低い位置で結っている。その人は、しずしずと部屋に入ってくると、床《とこ》の間を背にして、金色の座布団《ざぶとん》にすっと座《すわ》った。

そして、

「みなさん、お待たせしてごめんなさいね。」

と、歌うような声で言った。

とたんに、雨音がざっと聞こえた。とうとう、降《ふ》りはじめたらしい。

「なんだ、ふつうの人だ。ていうか、むしろいい人っぽい。」

と、おばあちゃんに耳打ちすると、おばあちゃんは、

「だけんこわいんよ。」

と、消えそうな声で言った。

麗子さまは、「秋も深まってまいりましたね」とか、「季節の変わり目には体調をくずしがちですが、自分の体を自然に合わせて暮《く》らしていくことで……」とか、「生命の波動というものは……」とか、正直なところよくわからないような話をしていた。これだったら、校長先生の話のほうがまだマシだ。それなのに集まっている人たちは、いちいちうなずいたり返事をしたりしている。

どれくらいたっただろうか。あくびを何度もかみころしたあとで、ようやく麗子さまの話は終わった。

けれど、ほっとしたのもつかの間、

「それでは、麗子さまにお導《みちび》きをいただきたい方は、どうぞその場でお手をあげてください。」

と、コダマさんが言った。どうやら、麗子さまへの相談タイムに突入《とつにゅう》したらしい。

これが学校だったら、だれも手なんてあげないのだけれど、ここは違《ちが》った。すぐに五人くらいの手があがる。

メガネをかけた中年の女の人が、「先日から、子どもがピアノのお教室に行きたがりません。親として、どうしたらよいのでしょうか」と質問《しつもん》すると、麗子《れいこ》さまは、「そうですね。まず、無理に行かせないことです。行きたくない理由をしっかり聞いてあげて、ゆっくりと待つことです」と、静かに言った。それから十秒ほど目を閉《と》じて、「だいじょうぶですよ。しばらくしたら、またピアノを弾《ひ》くようになるお子さんの姿《すがた》が見えていますから」と、ほほえんでうなずいた。

「子どもを中学受験させるべきかどうかなやんでいます」という問いには、「まずは、お子さんとよく話し合ってください。どの学校に行くことになっても、結果を喜んで受けいれましょう。結局は、ご縁《えん》のある学校に行くことになるのです」とこたえ、「今の仕事はやめたほうがいいのでしょうか」には、「結論《けつろん》をあせらないことです。どうしてもやめたくなったときが、やめるときなのです。そのときを待たずに行動を起こしてしまったら、後悔《こうかい》することになりかねません。あなたは、少し慎重《しんちょう》さに欠けるところがありますね」と、アドバイスしていた。

ふつうすぎるくらい、ふつうのこたえだと思う。そもそも相談の内容が、「そんなこと、自分で考えればいいのに」と、言いたくなるようなことばかりだった。

ひととおり質問が終わると、コダマさんが、

「さて、今日はこちらに、はじめての方がいらっしゃっています。」

と、おばあちゃんのほうに顔を向けた。

「寺岡《てらおか》さん、なにかおなやみがあるのですよね？」

コダマさんが言うと、それまでうつむきかげんだったおばあちゃんが顔を上げた。

「へっ、わたし？」

「はい。」

コダマさんがうなずくと、百合《ゆり》さんが、

「わたしがさっき伝えとったんよ。寺岡さんにはなやみがあるらしいって。でも、内容

まではまだ話しとらんけん。」

と、おばあちゃんの耳元でささやいた。なぜだか、ちょっと得意気だ。

おばあちゃんは、コダマさんにすすめられるまま前に出て、麗子《れいこ》さまの前に敷かれている座布団《ざぶとん》に座《すわ》った。わたしは、はらはらしながらそれを見ていた。

麗子さまは、おばあちゃんに向かってほほえんだ。

「寺岡《てらおか》さん、少し疲《つか》れていらっしゃいますね。それから、左の足を痛《いた》めておられるでしょう?」

おばあちゃんは、「はあ、まあ」とうなずいた。

わたしは、思わず声を出しそうになって、あわてて両手で口をおさえた。

どうして、おばあちゃんの左足のことがわかったのだろう。今、前に出るときにはふつうに歩いていたのに。

「息子さんのことでは、ずいぶんとご苦労なさっていますね。息子さんは……、なにか芸術《げいじゅつ》に関わる仕事をなさっているでしょう? 自分の夢《ゆめ》ばかり追いかけて、地に足をつけることができない息子さんにふりまわされて、代々《だいだい》続いてきた病院をつぶしてしまったことをなげいておられる。あなたの前世は、中世ヨーロッパの修道女《しゅうどうじょ》でした。ですから、とてもまじめで勤勉《きんべん》な性格《せいかく》で、息子さんのことがなかなかゆるせないのでしょう。けれど、いまさらなげいてもしかたのないことです。その気持ちを、これから浄化《じょうか》していかなければなりません。」

胸《むね》が、ドキンドキンと鳴っている。どうしてうちのことが、こんなにもわかるのだろう。すごい、というよりなんだかこわい。ここに来るまでは、麗子さまなんてあまり信じていなかったのだけれど、やっぱり、ただ者じゃないのかもしれない。

「それで、おなやみというのは？」

麗子さまが、さっきより少し声を低くした。

「いえ、なやみというほどのことではないんですけどね、最近うちの二階で、夜中に不思議な声や物音が聞こえるらしいんですよ。だれもおらんはずなのに。孫と嫁《よめ》が、ずいぶんこわがっておりまして。」

おばあちゃんの話を、麗子《れいこ》さまはうなずきながら聞いていた。それから目を閉じ、しばらくのあいだ沈黙《ちんもく》が続いたので、どうしたのだろうと思っていたら、ゆっくりと話しだした。

「ご主人さまが、あの世でとても悲しんでおられます。うらんでおられる、と言ってもいいでしょう。せめて息子さんが、ふつうに就職《しゅうしょく》なさればいいのですけれど……。将《しょう》来《らい》はお孫さんを医者にして、病院を再開《さいかい》なさいませ。そうすることで、ご主人さまは安心されますし、あなたの心もおだやかになるはずです。みょうな声や物音は、やがて聞こえなくなるでしょう。」

げっ！「お孫さんを医者に」だなんて、なにバカなこと言ってんのだろう、この人は。胸《むね》の奥《おく》に、もやもやっとした怒《いか》りがわいて、それはあっという間に、胸いっぱいにふくらんだ。

わたしの将来を、はじめて会ったおばさんなんかに、簡単《かんたん》に決められたくはない。いや、ほかのだれにだって決められたくない。

思わずその場で立ち上がりそうになったとき、おばあちゃんが口を開いた。

「たしかにわたしの夫は、息子が絵の道に進むことを反対しとりました。」

「ええ、そうでしょう。」

麗子さまは、両頬《りょうほお》をくいっと上げてほほえみながら、うなずいた。

「でも、それは息子の将来を心配してのことです。絵で食べていくんは、むずかしいことですから。医者になってほしかったんも、それが息子にとっての幸せだと思ったからで、代々《だいだい》続いた病院がどうとかということじゃなかったんです。夫は、息子が自分の意《い》志《し》を通してなんとかやっとるのを知ってからは、息子のことを応援《おうえん》しとりましたよ。口には出しませんでしたが、そばで見とったらわかります。息子が出した絵本を買い集めたり、パソコンで息子の名前を検索《けんさく》したり。」

おばあちゃんが笑顔になるのと反対に、麗子さまの顔から笑みがすっと引いた。それでもおばあちゃんは、かまわず続けた。

「わたしだって、生活力のない息子には腹《はら》が立つし、コツコツと地道に働いてほしいと思っとります。でもそれは、なげくとかゆるせないとか、そういうんとは違《ちが》います。しいて言えば、もっとがんばってほしいという、いらだちです。」

麗子《れいこ》さまは、かたい表情《ひょうじょう》でじっとしている。おばあちゃんは、さらに言う。

「だけん、麗子さまの見立ては外れ、残念でした。」

コダマさんが、

「それは、あなたがご自分のお気持ちや、ご主人さまのたましいと、きちんと向き合っていないからですよ。」

と、少し声を強めた。

くちびるのはしを上げているけれど、目はちっとも笑っていない。この家に来たときに見た表情とあまりにも違《ちが》っていて、ひやりとした。

集まった人たちの中からは、「ほんとにそうですよ」とか、「おばあさん、すなおにならなくちゃ」という、ささやきが聞こえてきた。でも、おばあちゃんは落ちついた様子で、

「それじゃ、わたしはこれで。」

と、頭を下げた。コダマさんはまだ、

「寺岡《てらおか》さん、このままでいいのですか？　麗子さまの言うとおりになさっていたら、幸せになれるんですよ。」

と、言いつづけている。

しつこいなあ、もう……とわたしが思ったとき、帰ろうとしていたおばあちゃんは、ぴたりと動きを止めた。

「言うとおりにしとったら、幸せになれる？」

と言う声が、かすかに怒《いか》りをふくんでいる。

「そうですよ。」

コダマさんは、すましてこたえた。おばあちゃんはコダマさんを、続いて麗子さまを強い目で見た。

「あのね、わたしらの若《わか》いころは、今のように自由じゃなかった。女の子に勉強は必要ないとか、仕事なんてせずに、早く見合いして結婚《けっこん》しろとか。なにをするにも口出しされて、本当にうんざりだった。でも今は、たいていのことは自分で決められるし、がんばりたいものはがんばれる。せっかくこんな時代になったのに、なんでまた、わざわざ人に従《したが》って生きんといけん？　だれかの言うとおりにせんと手に入らんような幸せなら、わたしはいらん。そんなんまっぴら、おならぷっぷだ。」

おばあちゃんはそう言って、子どもみたいに口をつきだした。そして、さっさと部屋を出ていってしまった。

わたしもあわてて立ち上がり、玄関《げんかん》へ向かった。

視線《しせん》を感じてふりむくと、百合《ゆり》さんがきょとんとした顔でこっちを見ていたから、両手を合わせて「ごめんなさい」と、頭を下げた。百合さんは、眉毛《まゆげ》のはしっこを下げながら笑って、軽くうなずいてくれた。

家を出ると、雨は小降《こぶ》りになっていた。傘《かさ》も必要ないくらいだ。電車の音が聞こえてくる。海にはのんびりと、小さな漁船がうかんでいる。

わたしとおばあちゃんは、顔を見合わせた。

「おばあちゃん、中世ヨーロッパの修道女《しゅうどうじょ》だったって。」

「うん、そうらしいね。」

「なんか、かっこよかったよ。」

ふたりで笑いながら、歩きだした。

十　トリック？

「どうしてうちのこと、いろいろとわかったんだろう。」

事務所《じむしょ》のソファに腰《こし》をおろしてわたしが聞くと、向かいのソファの上で正座《せいざ》しているおばあちゃんが、

「そんなん、だれにでもわかるよ。」

と言った。おばあちゃんのとなりには中川《なかがわ》さんがいて、

「そうねえ、わかるかもねえ。」

と、左手を頬《ほお》にあて、「ふうっ」と息をついた。

麗子《れいこ》さまの家から帰ったおばあちゃんが、お導《みちび》き会の報告《ほうこく》をしようと中川さんの家に電話をかけたら、「直接《ちょくせつ》話したほうがいいと思うけん、今から行きます」と言って、す

ぐにやってきたのだ。

わたしのとなりに座《すわ》ったカズ君も、うなずいている。おりがみ遊びや絵本にあきたすみれちゃんは、奥《おく》の和室に敷《し》いたふとんに寝《ね》ているそうだ。

「えー、だって、おばあちゃんの足が悪いことも、うちが病院だったのにつぶれてしまったことも、お父さんがダメダメなことも、麗子さまはぴしゃりと言い当てたよ。わたし、背《せ》すじがゾゾッてなったもん。やっぱり、なんか不思議な力を持っとる人なんかもしれんよ。」

そう言うと、おばあちゃんは首をふって、

「美舟《みふね》は、もうちょっとかしこい子かと思うとったけど、そうでもないね。」

と言ったから、わたしは下くちびるをつきだして目を糸のように細めた。

中川さんが、

「あら、美舟ちゃんはかしこいよ。目の前でそんなんを見たら、わたしだってきっとだまされとったよ。」

と言いながら、わたしの背中《せなか》をそっとさすってくれた。おばあちゃんより少し年下くらいの中川《なかがわ》さんは、いつもやさしくしてくれる。

カズ君が、ぼそぼそとしたしゃべりかたで言った。

「あのね、美舟《みふね》ちゃん。落ちついて考えてみ。おばあちゃんは、家に入るまでずっと足を引きずっとったんだろ？　それをコダマさんかだれかが窓《まど》から見て、登場する前の麗《れい》子《こ》さまに報告《ほうこく》したってことは、じゅうぶん考えられるだろ？」

「それは、まあ。」

「それに、おばあちゃんがあそこに行くってことは、事前に百合《ゆり》さんが言うとったんよね？」

「うん。」

「寺岡家《てらおかけ》が以前は代々《だいだい》続いた病院だったのに、画家になるために家をつがなかった長男のせいで、今はべんり屋をしとるっていうのは、このあたりではだれだって知っとることだろ？　おばあちゃんはこういういきさつを、けっこうおもしろおかしく、あちこちで話題にしとってだし。」

たしかに、おばあちゃんはよく近所の人に「うちのダメ息子が」とか、「あのふうがわりな息子のせいで」とか、顔をしかめながら話している。けれど、そんなことを言いながら、けっこう今の生活を楽しんでいるのだ。

「そういう寺岡家の事情《じじょう》を、だれかが調べて麗子さまに伝えておけば、それは不思議な力で言い当てたように見えるよね？　事前に調査《ちょうさ》したことを、まるでその場でわかったことのように話して相手をだますのは、サギ師《し》やうらない師がよく使う手口なんだ。ホットリーディングっていって。」

「ホットリーディング？」

「うん。ほかにも、相手の服装《ふくそう》やしぐさや会話をよおく観察して、まるで霊感《れいかん》を使ってその人のことを知ったようなふりをするのを、コールドリーディングっていうらしい。」

「服装やなんかで、相手のことがそんなにわかるもんかね？」

おばあちゃんが、首をかしげた。

「それが、けっこうわかるらしいんすよ。たとえばだれかが、なやみがあると言って相談に行くとするでしょう？　その人の顔色が悪くて、明らかに元気がなかったら、体の調子が悪いのでしょうってことになる。よれよれの安っぽい服を着て、生活に疲《つか》れている感じだったら、お金で苦労してますねって言える。」

「ははあ、なるほど。」

おばあちゃんは、低い声で言ってうなずいた。中川《なかがわ》さんは、

「まあ、悪知恵《わるぢえ》の働く人がおるもんだねえ。」

と、顔をしかめている。

「ごくふつうの若《わか》い女の人が相談に来たら、仕事か人間関係のことでおなやみですねって言うらしいっす。人間関係の中には、恋愛《れんあい》も友だちも家族のこともふくまれるから、たいてい当たるらしいんす。」

「カズ君、なんでそんなこと知っとるん？」

おどろいているわたしに、カズ君は、

「えーと、教えてもらったんで、真琴《まこと》、さんに？」

真琴さんの名前を出すたび、いちいち照れるところがおもしろい。

「施設《しせつ》のお年寄《としよ》りの中にも、何人かだまされたことがある人がいるらしくて。それで、いろいろな情報《じょうほう》を仕入れて、気をつけとるんだって。」

カズ君はそう言って、顔を少し赤くした。それからおばあちゃんが、中川さんに向かって言った。

「これが、実際《じっさい》にわたしらが、お導《みちび》き会に参加して感じたこと。なにかにたよったり信じたりするんは自由だけど、麗子《れいこ》さまっちゅうのは、やっぱりうさんくさいと思うよ。」

中川さんは、うつむいて「うん、うん」と聞いていたけれど、少し間をおいて顔を上げた。

「わたしも、なんだかあやしいとは思うとったんよ。でも、この春にわたしが転んで骨折《こっせつ》したり、孫のアトピーがひどくなったり、主人もかぜをこじらせてからずっと体調が悪かったりしてね。主人ったら、そんなときに友だちからさそわれたものだから、ついふらふらっと心がかたむいてしまったんだろうねえ。」

そういえば半年ほど前、中川《なかがわ》さんは、足にギプスをしてつえをついていた。そのあいだの家事などは、ほとんどおばあちゃんがやっていたのを覚えている。

「それだけ、ご主人の気持ちが弱っとったんじゃろう。」

「そうねえ。今まで、サギにあう人はその人にも隙《すき》があるからだと思うとったんだけど。ちょっとしたことで、だまされてしまうもんだねえ。」

「でもまあ、そのお友だちは、ご主人のことをだまそうとしたわけじゃないと思うよ。」

おばあちゃんが言うと、中川さんは「そうなんよ」と、声を強めた。

「その人は、自分自身がすっかり信じこんでしまっとるの。いろいろとインチキ団体《だんたい》があるようだけど、麗子《れいこ》さまだけはまちがいないけんって言うんだもの。」

「ここだけはまちがいないって、みんなが思うから、インチキ団体が広まっていくんすけどね。お導《みちび》き会も、いろんなところに支部《しぶ》を作って、会員を増《ふ》やしとるらしいっすよ。そのお友だちのことも、心配っすね。」

カズ君が言った。

「本当に、すごく心配。今では、なにをするにも麗子さまに相談しとるみたい。それに、体を浄化《じょうか》してくれる水だとか、パワーストーンのネックレスだとかも買わされとるみたいだし。ただ、それで本当に体調がよくなったって言うとるけん、不思議なんだけどねえ。」

カズ君はクールに、

「それ、ただの気のせいっすよ。」

と言った。

おばあちゃんは、

「瀬戸《せと》の湯の百合《ゆり》さんも、いろいろと買わされたりしなけりゃいいけど。」

と、心配そうだ。

サギの手口だと言われてみれば、たしかにそういうトリックがあったのかもしれない。けれど、目の前で見たあの不思議な力を信じる心が、まだわたしの中に残っていた。

実際《じっさい》、うちの二階で聞こえる声や物音については、なんの解決《かいけつ》もしていないのだ。あれがゆうれいなのだとしたら、うちはたいへんなことになるかもしれない。

すっきりしない気持ちが、顔に出ていたのだろうか。おばあちゃんが少し厳《きび》しい顔をした。

「美舟《みふね》、人を信じるのはすごくいいことだけど、ときには疑《うたが》うことも、必要なんよ。」

それからすっくと立ち上がり、すたすたと歩いていって、アトリエのドアを勢《いきお》いよく開けた。

そして、入り口から奥《おく》に向かって、

「今夜こそ、あのおかしな声と物音の正体をつきとめんさいよ!」

と、さけぶように言った。

「なんなんだよ、とつぜん。」

アトリエから、のんびりとしたお父さんの声だけが聞こえてくる。

「音の原因《げんいん》を明らかにせんことには、この寺岡《てらおか》に、智波《ちなみ》さんのゆうれいが出るって言われつづけるんよ。」

「……はあ。」

「智波さんのことを、たちの悪い地縛霊《じばくれい》みたいに言われて、あんたたちは平気なんかね。」

なぜか、わたしたちまで怒《おこ》られている。

「いや、なにがなんだか……。」

お父さんが言い、わたしとカズ君は顔を見合わせた。

十一　父さんは元気か？

日が暮《く》れたころ、お母さんは瀬戸《せと》の湯の手伝いに行き、おばあちゃんは坂の下のスーパーに買い物に行った。

カズ君は、港の近くのアパートでひとり暮《ぐ》らしをしている斉藤《さいとう》さんから、「お風呂《ふろ》の電球が切れたので取りかえてほしい」と電話がかかってきて、出かけた。

斉藤さんは体に障《しょう》がいがあって、車いすで生活している若《わか》い男の人だ。たいていのことはひとりでできるけれど、部屋にムカデが入りこんだとか、トイレがつまってしまったとか、急にだれかの手助けが必要になることがある。そんなときカズ君は、たとえどんなに勤務時間《きんむじかん》を過ぎていたとしても、すぐにかけつける。

事務所《じむしょ》にひとり残されたわたしは、アトリエのドアを開けて中に入った。

そこは、はしごやバケツや工具などのべんり屋の道具があるかと思えば、カンバスやイーゼルが立てかけられ、絵の具や資料が散らばっていて、とてもこの世のものとは思えない空間になっている。

そんなカオスな部屋の奥《おく》、白いカーテンのかかった窓《まど》のそばで、お父さんはカンバスに向かって筆を動かしていた。

お父さんのかく絵は、南国に生いしげっているような植物や、ユニークな色や形の動物がほとんどだ。あざやかで力強くて、じっと見ていると、その植物のかおりがただよってくるような、絵の中から心地よい風が吹《ふ》いてくるような気がしてくる。

わたしは、お父さんから少しはなれたところに置かれている、かたい木のいすに腰《こし》かけた。

「お父さん。」

「ん?」

お父さんは、絵から目をはなさないままで返事をした。

「今夜こそ、あのへんな声と物音の原因《げんいん》を、つきとめたほうがいいと思うよ。」

「ああ、そういえば、さっきそんな話をしとったな。」

わたしは、麗子《れいこ》さまに言われたことを簡単《かんたん》に説明した。お父さんは、自分がまるでダメ人間みたいに言われたというのに、怒《おこ》った様子も見せず、ただ「ふうん」と言っただけだった。

あまりにのんきな態度《たいど》にわたしは少しイラッとして、「あのね」と言った。

「おばあちゃん、けっこう怒っとったよ。だっておじいちゃんが、お父さんをうらんだあまりに、ゆうれいになったって言われたようなもんだもん。」

「うん。」

「だいたい、あの声がおじいちゃんだったとしても、どうして血を吸《す》うぞーなんて言うと思う？　ばかげとるよね。」

「……いや、言うかもしれんなあ。」

お父さんは、ようやく顔を上げてわたしのほうを向いた。

「おやじには、そういうところがあったから。みんなをおどろかせて、喜ぶようなところ。」

「うそ。」

「うそじゃないよ。なんか、子どもみたいなところが残っとる人だった。」

わたしは、小さなころしか会ったことのないおじいちゃんのことを思いだした。

おじいちゃんの体は大きくて、ほりの深い顔は少しこわかった。いつもよれよれの白衣の前をはだけて、古ぼけたサンダルをペタペタ鳴らして歩いていた。

お母さんに連れられてたまにやってくるわたしを見ると、こわい顔をほんの少しだけゆるめて、低い声で「おお、美舟《みふね》ちゃんか」と言った。

それから、おばあちゃんやお母さんがよそを向いているすきに、わたしの耳元で「父さんは元気か？」と、いつも聞いてきた。

わたしが「うん、げんき」とうなずくと、「それならよし！」と笑って、厚《あつ》みのある手をわたしの頭にぽんっと乗せた。

千光寺山《せんこうじやま》の公園で、売店のソフトクリームをいっしょに食べたり、肩車《かたぐるま》をして坂道を上ってくれたり、そういうことを少しだけ覚えているけれど……。

あのおじいちゃんが、人をおどろかせて喜んでいたとか、子どもみたいなところがあったとはあまり思えない。

けれどお父さんは、少し遠くを見るような目をして、話しつづけた。

「この診察室《しんさつしつ》には、ゴジラとウルトラマンのマスクが、いつも置いてあったんだ。マスクといってもかぜをひいたときにつけるやつじゃなくて、ラバーマスクっていう、いわゆるかぶりもので、診察に来た子どもが泣いたときなんか、それをかぶって診察するわけ。まあ、よけいにこわがって大泣きする子もおったらしいけど、たいていの子はケラケラ笑うし、お年寄《としよ》りはびっくりするし。そのマスクをかぶっていちばん喜んどったのは、おやじだったんじゃないかと思う。」

「へえー。」

「小さなころに、近所のお祭りに連れてってもらうだろ？　金魚すくいをしとったら、おやじのほうが夢中《むちゅう》になってしまって、なかなか帰れなくなったこともある。」

なんだか、少しうれしかった。お父さんとおじいちゃんは、仲が悪かったと聞いていたから、ふたりには楽しい思い出なんてないのだと思いこんでいた。けれど、お父さんが小さなころはまだ仲良しで、けっこうゆかいな日々《ひび》を過ごしていたのだ。

「ゆうれいがおやじなら、それはそれでいいんだけど。」

「え？」

「ゆうれいでもいいから、一度会いたいっていうか。」

「お父さん、おじいちゃんに会って、あやまりたいん？」

お父さんは首をかしげてわたしを見た。それから「うん」と、うなずいた。

「おじいちゃんの言うことを聞かなくて、家を出ていってごめんなさいって？」

「いや、あのときはあれでしかたなかったと思っとるよ。自分でよく考えて決めたことだから。ただ、さびしい思いをさせてしまったことだけは、あやまりたい。」

「お父さんは？」

「え？」

「お父さんは、さびしくなかった？」

わたしが聞くと、お父さんは少し考えるようにだまってから、口を開いた。

「さびしかったよ。とくに東京に行ってからしばらくは。なにげなく空を見上げて、飛行機雲がすーっとのびとるのを見つけたときなんか、ああ、尾道《おのみち》に帰りてえなーって思ったし。大みそかの夜にコンビニ弁当《べんとう》を食べて、ひとりでお正月をむかえた朝には、涙《なみだ》が出てきた。おれは、ひとりでいったい、なにをしとるんだろうって思って。」

「だったら、思いきって帰ればよかったのに。」

「でも、中途半端《ちゅうとはんぱ》なところでは帰りたくなかったんだ。ちゃんと仕事ができるようになるまでは帰れんなあって思っとった。そのうち、どんどん家が遠く感じられるようになってしまって。」

「でも、おじいちゃんもおばあちゃんも、お父さんのことをずっと待っとったんだって。」

「うん。だから、あのゆうれいは本当におやじみたいな気がするんだ。ちょっとこの世に様子を見にきたら、久《ひさ》しぶりに息子がおって。なんだか照れくさいような、腹立《はらだ》たしいような気がするもんだから、悪ふざけをしとるんじゃないかと。」

お父さんは、小さなため息をついて、コトリと筆を置いた。

十二　ポーの黒猫《くろねこ》

　わたしの部屋は、右手の壁《かべ》に沿《そ》ってベッドが置かれ、海に向かっている窓辺《まどべ》に勉強机《づくえ》がある。左手の壁にはタンスと本棚《ほんだな》があり、マンガ本や小説、写真たてなどが置かれている。

　わたしとカズ君、そしてお父さんは、部屋の真ん中に置かれている、小さな丸い座卓《ざたく》を囲んで座《すわ》った。カズ君は、斉藤《さいとう》さんの家から帰ってきて、うちで夕飯を食べ、声や物音が聞こえるという怪奇現象《かいきげんしょう》の解明《かいめい》に付き合わされることになってしまったのだ。

「わたし、今日はあんまりねむくないよ。徹夜《てつや》だってできると思う。カズ君は、何時まで徹夜するつもり？」

　わたしが聞くと、カズ君は「は？」と、首をかしげた。

「何時までって。徹夜ってのは、ひと晩《ばん》中ねむらないことなんだけど。」

カズ君の言葉で、わたしははじめて自分のまちがいに気づいた。徹夜は、ただの夜ふかしのことだと思っていたのだ。

恥《は》ずかしくてうつむいていたら、お母さんがコーヒーとクッキーを運んできてくれた。

けれどお母さんは、

「ここはだいじょうぶっすから、どうぞ休んでてください。」

とカズ君に言われると、

「じゃあ、そうさせてもらうわね。なんか、気味悪くって。」

と、すぐに階段《かいだん》を下りていった。

部屋がしん、としたとき、お父さんがふいに、

「あのさ、エドガー・アラン・ポーの短編小説《たんぺんしょうせつ》に、黒猫《くろねこ》ってあるのを知っとる？」

と、聞いてきた。

「ああ、知ってます。ホラー小説っすね。」

カズ君は言ったけれど、わたしは首をふった。すると、お父さんはあぐらをかいて座っている体を少し前のめりにして言った。

「聞きたい？」

話したくてたまらない、と言っているようだった。いつものことながら、その子どもっぽい表情《ひょうじょう》にうんざりしたわたしは、「べつに」と冷たく言ったのだけれど、カズ君が、「あれ、おもしろいっすよね」と、こたえてしまった。わたしは、思わずカズ君をにらんだのだけれど、カズ君は気づきもしない。

お父さんは、「うん。じゃあ話そうか」と軽くうなずいてから、

「ある男が、プルートーという黒猫《くろねこ》を飼《か》っていた。」

と、話しはじめた。真剣《しんけん》な目をして、声を低めている。だれも「聞きたい」とは言っていないのに。

「その男は動物好きだったから、ずいぶんプルートーをかわいがっていた。でも、しだいに酒におぼれて、プルートーを虐待《ぎゃくたい》するようになっていった。そしてとうとう、プルー

トーを木につるして殺してしまった。そのあと、男の家は火事で焼けおち、ゆいいつ残った壁《かべ》には、首にロープを巻《ま》いたプルートーの姿《すがた》がうきでていたんだ。」

「あーもう、やめてよ、なんでこんなときにそういう話をするわけ?」

わたしは顔をしかめたけれど、お父さんはやめなかった。

「いや、話はこれからなんだけど。」

「うん、これからなんす。」

カズ君がよけいなことを言ったものだから、お父さんは話しつづけた。

「そのあと、男は酒場でプルートーにそっくりな黒猫を見つけて、ふたたび猫と暮《く》らすようになる。それから、まあなんだかんだあって、その猫にプルートーの面影《おもかげ》を見るようになった男は、ついにその猫まで殺そうとして斧《おの》をふりあげ……。」

「うわあー、聞きたくない、聞きたくないっ。」

わたしは耳をふさいで、頭をぶるんぶるんとふった。

「男はなんと、それを止めようとした奥《おく》さんに斧をふりおろして、殺してしまった。そしてその死体を、あろうことか地下室のレンガの壁にぬりこめた。やがて、不審《ふしん》に思った警官《けいかん》がやってきて、地下室を調べたんだけど、死体のことは、ばれそうにない。男は調子に乗って、持っていたつえで壁《かべ》をたたいた。すると、死体をぬりこめた壁の中から、悲鳴のようなうめき声のような、奇妙《きみょう》な声が聞こえてきて……。警官が壁の一部をこわすと、その中から奥《おく》さんの死体と、その頭上に座《すわ》った黒猫《くろねこ》があぁっ！」

「うぅっ。」

と、話を知っているはずのカズ君が肩《かた》をちぢめた。

「信じらんない。お父さん、ばかじゃないの？　ばーかばーか！」

わたしは泣きそうになりながら、大声でお父さんをののしった。

けれどお父さんは、

「まあ、そういうお話もあるってことで。」

と、平気な顔をして、コーヒーカップを口に運んだ。

カズ君のほうは、持ってきていた参考書をカバンから取りだして、勉強をはじめた。

この状況《じょうきょう》で、よくまあ勉強に集中できるものだと思う。

たいくつだったわたしは、マンガ本を読みはじめたのだけれど……。


「血を……うぞぉぅ、血を吸《す》うぞぉ……。」

声が聞こえてきて目が覚めたときにはもう、時計の針《はり》は午前一時をさしていた。いつの間にねむってしまったのだろう。それからすぐに、ガタガタガタッ、ガタガタガタッ、となにかが動く音がした。

その物音で、まだぼんやりしていたわたしの頭はしゃきっとした。

カズ君とお父さんは、じっとしたまま動かなかった。ただ、目だけを大きく見開いている。

「……落ちろ……落ちろ……血を……。」

声は、同じ言葉をくりかえしている。ここ数日は一階で寝《ね》ていたから、久《ひさ》しぶりに聞く声だ。やっぱり、かなりこわい。

「こ、こ、これらむろ。」

「これなんよ」と、言うつもりだったけれど、口から出たときにはちがう言葉になっていた。

真っ先に動きだしたのは、お父さんだった。

「とにかく、音がしているあいだにつきとめよう。」

と言いながら立ち上がり、部屋のドアをそっと開けた。

カズ君は、お父さんのあとに続いた。

「美舟《みふね》は、ここで待ってなさい。」

と、お父さんは言ったけれど、わたしもカズ君のうしろにくっついた。

廊下《ろうか》に出ると、声は少しだけ大きくなったような気がした。電気はつけずに、ゆっくりゆっくりと歩いていく。

気味の悪い声と、ガタガタと鳴る音は続いている。納戸《なんど》をのぞいてみたけれど、部屋の中にはだれもいなかった。

うすい黄色のカーテンを通して、窓《まど》から月明かりが差している。

「電気、つけまあす。」

カズ君が小さな声で言って、すぐに部屋が明るくなった。

息をのみ、無言で部屋の様子をうかがった。すると、そこに重ねられている段《だん》ボール箱の中のひとつが、少し動いているのがわかった。上から二段目の箱だ。

お父さんとカズ君が、部屋の中に入っていった。

そしてお父さんは、動いている段ボールではなく、一番上の箱に耳をあて、

「声は、ここから聞こえる。」

と言って、少し開いていたふたに手をかけた。わたしは入り口のところに立って、じっとその様子を見ていた。心臓《しんぞう》がバクバク鳴って、口から飛びだしそうだ。

ポーの黒猫《くろねこ》のように、箱の中からなにかおそろしいものが現《あらわ》れたらどうしよう……と思うと、逃《に》げだしたくなった。

お父さんが箱のふたを全開にしたとたん、

「ちを※○☆×♯！」

不気味な声が大きくなった。わたしは、

「えーっ、えっえっ！」

とさけんで、思わず二、三歩あとずさった。

けれどお父さんの、

「なんだあ。」

という声に、少し落ちついて見ると、お父さんが手にしていたのは、黒い犬の形をした目覚まし時計だった。

カズ君のほうは、ガタガタとゆれていた二段《だん》目の箱を床《ゆか》におろして、ふたを開けた。

そして、

「これみたいっすね。」

と言いながら、リズミカルにおどっている、獅子舞《ししまい》のおもちゃを取りだした。

午前一時半、明るい台所のテーブルの上には、古ぼけた目覚まし時計と、それと同じくらいの大きさの、獅子舞のおもちゃが置かれていた。

唐草模様《からくさもよう》の布《ぬの》におおわれた胴体《どうたい》に、口をパカッと開けた真っ赤な顔の獅子舞のおもちゃは、音に反応《はんのう》すると楽しげにおどりだすしくみになっている。

つまり、こういうことだった。

犬の目覚まし時計は、お父さんが子どものころに、おじいちゃんが買ってきたもので、セットした時間になると「遅刻《ちこく》するぞー、遅刻するぞー、起きろー、早く起きろー」と、かわいい声がしていたそうだ。

ところが長年使っているうちに、その声がはっきり聞こえなくなってきた。かわいかった声は、しだいに低くて聞き取りづらいものに変わってきたから、使うのをやめて押《お》し入れにしまいこんだ。そしてそのまま時が過ぎ、お父さんは家を出て東京に行ってしまった。帰ってきたときには、もうすっかり目覚まし時計のことなど忘《わす》れていたそうだ。

それを、『サクサクかたづけ術《じゅつ》』に影響《えいきょう》されたお母さんが引っぱりだし、捨《す》ててしまうものとして段《だん》ボール箱に入れ、納戸《なんど》の窓辺《まどべ》に置いたのだ。

しかも、いちばん上の箱に入れてしまったものだから、ふたのすき間から入る光に太陽電池が作動して、目覚まし機能《きのう》が動きだしてしまったらしい。それも、決まって夜中の一時に。ちなみに、昼間の一時にも声はしていたはずなのだけれど、その時間はだれも二階にいなかったため、気づかなかったのだ。

さらに、その下の箱には、音に反応《はんのう》しておどりだす獅子舞《ししまい》のおもちゃが入っていた。毎晩《まいばん》毎晩、目覚まし時計に反応して、ピーヒャラピーヒャラとゆかいにおどりつづけていたというわけだ。当然、五分ほどたって目覚ましが止まれば、おもちゃも止まる。

それにしても、「遅刻《ちこく》するぞー」という声が、いくらゆうれいにおびえていたからといっても、「血を吸《す》うぞー」と聞こえていたなんて。「早く起きろ」は、「早く落ちろ」にだ。

「こんなものにおびえていたなんてねえ……。カズ君まで巻《ま》きこんじゃって、ごめんなさい。」

ゆうれい騒動《そうどう》の原因《げんいん》を作ったお母さんは、困《こま》ったような顔で笑いながらカズ君に頭を下げた。パジャマの上にカーディガンをはおったおばあちゃんも、

「勉強せんといけんときなのに、ごめんね。」

とあやまった。

「いや、原因がわかってよかったっす。ていうか、けっこう楽しかったんで。」

カズ君はそう言いながら、目覚まし時計を軽くなでた。お腹《なか》の部分が時計になっている立ち耳の黒犬は、丸い目と大きな鼻が目立つ、あいきょうのある顔をしていた。

みんなの視線《しせん》がその時計に集まると、おばあちゃんが「ふっ」と力をぬくように笑った。

「この時計は、航平《こうへい》が小学校に入ってすぐに、智波《ちなみ》さんが買うてきたんよ。朝、自分できちんと起きられるようにって。」

「獅子舞は？」

わたしが言うと、おばあちゃんは獅子舞のおもちゃに目をうつした。

「獅子舞《ししまい》も、智波《ちなみ》さん。航平《こうへい》が出ていってから、ふたりっきりで過ごすはじめてのお正月にね。わたしがさびしがってしょんぼりしとったから、なぐさめてくれるつもりだったんじゃろう。もしかすると、本当は智波さん自身が、さびしくてたまらんかったんかもしれん……。あれからいろんなことがあって、すっかり忘《わす》れてしもうとったけど。」

おばあちゃんはそのままうつむいて、鼻をぐすっと鳴らした。

ちょっとこわい顔をしたおじいちゃんは、いったいどんな気持ちで、このかわいいものたちを買ったのだろう。お父さんの喜ぶ顔や、おばあちゃんの笑顔を、頭にうかべていたのだろうか。

獅子舞が売られている店の前に立つ、おじいちゃんの大きな背中《せなか》が、目に見えるようだった。

みんながだまりこみ、なんの物音も聞こえなくなったとき、お父さんがパンッと大きく両手を打った。

てんてこてんてこ、ピーヒャラピーヒャラ。

前にうしろに体をゆらしながら、獅子舞がおどりはじめた。
てんてこてんてこ、ピーヒャラピーヒャラ。
深夜の台所で、獅子舞の口がパカパカ開く。
みんなはだまって、その楽しげなおどりに見入っていた。

『――わたしがゆうれいの声だと思っていたのは、結局、古い目覚まし時計でした。それに、ラップ現象《げんしょう》だと思っていたのは、センサーで動く獅子舞のおもちゃでした。「ゆうれいの正体見たり枯《か》れ尾花《おばな》」という、古いことわざがあるそうです。ゆうれいだと思っていたものをよく見たら、それはただのススキの穂《ほ》だった、という意味です。なにかにおびえたり思いこんだりすることで、ものごとを正しく見ることができなくなっていくのだとしたら、それはゆうれいなんかより、もっとこわいことだと思いました。』

作文を書きおえて電気を消し、そのままベッドにバタンと横になった。
もし月曜日、国語の授業《じゅぎょう》であてられて、この作文を読むことになったら、クラスの男子たちは「なんだあ」「つまんねえ」「おばけじゃねえのかよ」と、口々《くちぐち》に言うだろう。

みんな寺岡のゆうれいを、ずいぶんおもしろがっていたのだから。

と、そこまで考えてから、ねむりかけていたわたしは、ぱちりと目を開いた。

このまま、あれはゆうれいだったということにしてはどうだろう。ゆうれいだったけれど、べんり屋寺岡《てらおか》でおはらいをして、無事に解決《かいけつ》したことにしたら。寺岡にはそのテ・の依頼《いらい》が舞《ま》いこんで、よい商売になるのでは？

いやいや、それじゃあ麗子《れいこ》さまと変わらない。

わたしの心の中に残っていた、麗子さまの不思議な力を信じる気持ちは、すっかり消えてなくなっていた。

まぶたが重くなり、体が暗闇《くらやみ》にすいこまれていった。

十三　新作ケーキとお父さんの絵

学校からの帰り道、お寺の前を通ったら、たき火のにおいがした。境内《けいだい》で、落ち葉を燃《も》やしているのだろう。

坂道沿《ぞ》いの板塀《いたべい》にからまるツタは、赤く染《そ》まっている。

家に帰り、事務所《じむしょ》のデスクに正座《せいざ》したまま居ねむりをしているおばあちゃんを起こさないように、そっと歩いて台所に入ったら、お母さんが栗《くり》の皮をむいていた。

わたしが

「ただいま。」

と言うのと同時に、お母さんは顔を上げ、

「おかえり、美舟《みふね》。冷蔵庫《れいぞうこ》にケーキがあるわよ。里砂《りさ》さんが、試作品のケーキを届《とど》けてくれたの。」

と言った。

『白雪すみれ』という名前のそのケーキは、年明けに菓音《かのん》の新春ケーキとして売りだす予定で、試作を重ねているのだという。菓音はあいかわらず繁盛《はんじょう》しているけれど、お客さまからあきられることのないよう、つねに新作のスイーツを生みだしていくつもりだそうだ。

里砂《りさ》さんは、朝の開店前にこのケーキを持ってくると、事務所《じむしょ》にいたお母さんに向かって、「ほんとにいつもすみれがお世話になってたすかってありがたく感謝《かんしゃ》しています」とマシンガンのようにあいさつをして、ダッシュで店にもどっていったという。

「あいかわらず忙《いそが》しそう。だいじょうぶなのかな？」

と言うと、お母さんは笑顔でうなずいた。

「今日は午後から、カズ君が手伝いに行ってる。あまりに忙しいときは、向島《むかいしま》からお母さんが手伝いにいらしてるみたいだし。クリスマスには、実家の和菓子《わがし》屋さんのほうでも菓音のケーキを売る予定で、職人《しょくにん》さんが応援《おうえん》に来られることになってるんだって。」

「へえ、じゃあ里砂さん、お父さんとも仲直りしたんだ。」

「まあ、少しずつってところだと思うけど。すみれちゃんは、お正月にはおばあちゃんの家に泊《と》まりに行くんだって、楽しみにしてたわよ。」

わたしは、なんだかうれしくなった。

「ケーキ、食べていい？」

「もちろん。」

「お母さんは？」

「あとで、おばあちゃんやカズ君といっしょにいただく。今日は栗《くり》ご飯にするから、とりあえずこれを終わらせないと。」

そう言って、お母さんは手にしていた小さなナイフをにぎりなおした。

「栗、たくさんあるね。」

「これもいただきものよ、となりの中川《なかがわ》さんから。おばあちゃんのおかげで、お導《みちび》き会を信じこまずにすみましたって、言いに来られたの。ただ、ご主人の体調が悪いのはたしかだから、ちゃんと病院に行かせようと思いますって。」

「え、まだ病院に行ってなかったの？　病院より先に、麗子《れいこ》さまのところに行こうとしてたってこと？　それって、おかしくない？」

「人ってときどき、おかしなことをしてしまうのよ。でも、今はちゃんと冷静に考えられるようになりましたって。ご主人のお友だちにも、あまりのめりこまないように、言ってあげてるみたいよ。それで、ご実家の山でとれた栗《くり》とかブドウとかを、たくさん持ってきてくださったの。」

「ごんぎつねみたい。」

「そうね。」

「中川《なかがわ》のおじさんがお導《みちび》き会に行こうとした気持ちはなんだかわかるんだけど、百合《ゆり》さんは、どうしてそんなところに行こうと思ったのかなあ。」

と言うと、お母さんは「ぷっ」と小さくふきだして笑った。

「百合さんの場合は、単純《たんじゅん》な好奇心《こうきしん》ね。今までだって、うらないだのなんだの、いろんなところに顔を出しては、すぐにあきてるんだから。今回も、じきに行かなくなると思うわよ。」

そう言って、百合さんのここ数日の様子を教えてくれた。

それからお母さんは、またせっせと栗をむきはじめた。よく見ると、指先が赤くなっている。家族四人ぶんの、かたい栗の皮をむくのはどんなにたいへんだろう。

わたしは手を洗《あら》って、冷蔵庫《れいぞうこ》からケーキの小箱を取りだした。

ひとりで食べるのはなんだかさびしいので、小箱からふたつ取りだしてお皿にうつし、ティーバッグの紅茶《こうちゃ》をふたりぶんいれた。

それをトレイにのせて廊下《ろうか》を進み、アトリエのドアを静かに開けた。とたんに、油絵の具や粘土《ねんど》のにおいが鼻についた。

「おじゃましまーす。」

と言いながら中に入って、急いで作業台の上に紅茶とケーキを置くと、窓《まど》を大きく開け放った。

冷たくかわいた風が、白いカーテンを大きくふくらませて入りこんでくる。

「うわ、寒い。寒くなってきたなあ。」

と言うお父さんなんておかまいなしだ。

木のいすを移動《いどう》させて作業台の前に座《すわ》ると、

「ケーキ、いっしょに食べようよ。」

と言った。

「ケーキ？」

こちらを向いたお父さんに、里砂《りさ》さんが持ってきてくれた試作品なのだと説明をした。

「ふうーん、里砂さんも、がんばっとるんだなあ。」

お父さんは、少し体をはなして絵を見つめてから、

「じゃあ、休憩《きゅうけい》するか。」

と、筆を置いた。

『白雪すみれ』は、ホワイトチョコでコーティングされたスポンジに、砂糖漬《さとうづ》けのすみれが飾《かざ》られている、とてもかわいいケーキだ。ひと口食べると、スポンジからほんのりとレモンのかおりがした。

お父さんは、

「すみれって本当に食えるのか？」

と、黄色い絵の具がついたままの手でフォークをつかみ、砂糖漬けのすみれをおそるおそる口に運んだ。

「おいしいね。」

と言うと、

「うん、うまい。」

お父さんは、今度はケーキの三分の一くらいをフォークにのせて、ぱくりと食べた。

わたしは、ゆっくりと少しずつ食べながら、

「そういえば、瀬戸《せと》の湯の百合《ゆり》さんね」

と、さっきお母さんから聞いたことを教えてあげた。

「麗子《れいこ》さまの家には、あまり行かなくなったんだって。瀬戸《せと》の湯を、お導《みちび》き会の人たちに無料で開放してほしいって言われて、ちょっといやになってきたみたい。常連《じょうれん》さんをさしおいて、そんなことはできないって断《ことわ》ったらしいんだけど。それに、銭湯《せんとう》で流す音楽CDを買うようすすめられたんだけど、それが高額《こうがく》なうえにダッサい曲で、断るのに苦労しとるんだって。」

「へえ。ダッサい曲とか言われると、ちょっと聞いてみたい気もするけど。」

「どこかで聞いたことがあるような、つまんない曲だと思うよ。麗子さまのお導きだって、ふつうのことばっかりだったし。」

「なんだその、お導きって。」

「あのね、麗子さまに、これから自分はどうすればいいのでしょうって相談すると、あしたらいいこうしたらいいってこたえがいちいち返ってくるの。その人にとってまちがいのない、いちばんいい道を示《しめ》してもらえるんだって。でもそれってお金がかかるらしいよ、お導き料。真帆《まほ》から聞いて、びっくりした。おばあちゃんなんて、お導きに文《もん》句《く》をつけて、お金なんてはらわずにさっさと帰っちゃったのに。」

そう言うと、お父さんは「ふーん」と低い声でうなって、わたしのほうに顔を向けた。

「まちがいのない、いちばんいい道なんて、ぜったいに示してほしくないよな。どの道がいちばんいいんだろうって考えながら生きていくから、人生は楽しいのに。」

「へ？」

「失敗したりまちがえたりして、はじめて見えてくる景色もあるんだし。」

「……なんか、よくわからない。」

「あのな、美舟《みふね》。」

「うん？」

「人の意見に耳をかたむけることや、人からなにかを教えてもらうことは必要だけど、人にたよって、自分の頭で考えることを放棄《ほうき》しちゃいけないんだ。ぜったい。」

お父さんは、めずらしくまじめな顔をして言った。

「大切なのは、自分で考えて、考えぬいて生きていくこと。だれかに流されたり、だれかのせいにしたりするんじゃなくてね。」

お父さんのその言葉には、なぜだか心をぐっと強くしてくれるような響《ひび》きがあった。気持ちの中心に、芯《しん》が一本通る感じだ。

今食べているおいしいケーキも、カンバスにかかれたオレンジ色の花の絵も、きっとそうして生きてきた里砂《りさ》さんやお父さんによって、作りだされたものなのだ。

わたしは、作業台のはしっこにあったメモ用紙をたぐりよせ、ボールペンを手にして書きはじめた。

「えーと、大切なのは、自分で考えて……。」

「なにしとるん？」

「さっきの言葉。めずらしく心に響いたから、『お父さんの名言』ってタイトルで、作文に書く。」

「いやっ、そういうのはヤメテ、恥《は》ずかしいから。」

お父さんは、あわててメモ用紙を取りあげた。

「けち。」

わたしは、少しだけ冷めた紅茶《こうちゃ》を口にした。

十四　みんな元気！

「九重連山《くじゅうれんざん》の紅葉《こうよう》を見たい」というふざけた理由で、お父さんが九州に出発したのは、その翌日《よくじつ》のことだった。

土曜日だったので、いつもの朝より遅《おそ》く起きたら、お父さんはもう坂下の駐車場《ちゅうしゃじょう》に置きっぱなしだったポンコツ車で出ていったあとだった。

そのことをお母さんから聞きながら、朝食のテーブルについたわたしは、「はあっ」とため息をついて、首をふった。

昨日、ちょっといいことを言うと思って感動していたのに、ひと晩《ばん》過ぎたらこんなものだ。たしかにお父さんは、だれかに流されるような生きかたをしてはいないけれど、あまりに自由すぎやしないだろうか。

こんなにふらふらしているお父さんなんて、わたしはやはり尊敬《そんけい》できない。毎朝決まった時間に仕事に出かける、友だちのお父さんがうらやましい。

お母さんが、

「ここしばらくは家で仕事をしていたから、落ちついてきたと思ったのにねえ。」

と言えば、おばあちゃんは、

「いや、わたしはそろそろこうなると思っとったよ。」

と言う。わたしは目玉焼きを食べながら、何度もうなずいた。

しかし、お母さんはすぐに気を取り直したように、

「今日の午後は仕事が入ってないから、アトリエの大掃除《おおそうじ》をするわよ、サクサクッとね。」

と、はりきっていた。

午後になって、坂の上のほうに住んでいる西村《にしむら》さんから、高血圧《こうけつあつ》の薬を病院に取りに行ってほしいとたのまれた。

九十歳《さい》を過ぎた西村《にしむら》のおばあさんは、カズ君のことをずいぶん気に入っている。西村さんからの依頼《いらい》は、たいていカズ君が引き受けるのだけれど、この日カズ君はいなかった。全国模試《もし》があるとかで、仕事を休んでいたのだ。

お母さんはアトリエの掃除《そうじ》をしていたから、しかたなくわたしが代行することになった。西村さんのかかりつけの病院に行き、薬を受け取ってから、それを届《とど》ける。

「寺岡《てらおか》です、薬を届けに来ましたー。」

古くて小さな家の玄関《げんかん》でさけぶと、カラカラと音をたてて引き戸が開いた。やせっぽちの西村さんが顔を出し、

「あらまあ美舟《みふね》ちゃん、めずらしいねえ。今日は、カズ君じゃないの？」

と言った。しわしわの顔は笑っているけれど、なんとなくがっかりしているようにも感じられた。

「カズ君は、用があって休んでるんです。ごめんなさい。」

と頭を下げると、西村さんはあわてた様子で手をふって、

「いや、いいんよ、いいんよ。美舟ちゃんが来てくれたんはうれしいんよ。ね、まあちょっと上がって行きんさい。」

と、とまどっているわたしの腕《うで》をぐいぐいと引っぱって部屋に通した。

六畳《じょう》ほどの和室にはこたつが出してあり、その上には湯のみと、ふたのついた木製の菓子器《かしき》が置かれていた。言われるままそこに座《すわ》ったものの、どうしていいかわからずにいたら、いったん台所に引っこんだ西村さんが、

「おいもを焼いたけん、食べてって。」

と、焼きいもを持って現《あらわ》れた。

おいもは焼きたてで、ほくほくしていておいしかった。

西村さんはわたしの前に座って、しばらくわたしが食べるのをながめていたけれど、

「カズ君が、焼きいもが好きだって言うから用意しとったんだけど。カズ君は忙《いそが》しいんだろうかねえ、次は来てくれるかねえ。」

と言って、少しのあいだうつむいていた。

けれどそれから、思いきったように顔を上げたと思ったら、

「今度ね、大正琴《たいしょうごと》の発表会があるけん、練習しとるの。聞いてくれる？　カズ君には、何度も聞いてもらっとるんだけど。」

と言って、部屋のすみから大正琴を出してきた。

そして、わたしが「聞きます」とも「聞きません」とも言わないうちに、勝手に演奏《えんそう》をはじめてしまった。

いつもこれに付き合っているカズ君が仕事をやめたら、西村さんはずいぶんさびしくなるだろう。

結局、三曲ほど聞いてから西村さんの家を出ると、もう夕方に近かった。

坂を二、三歩下ったところで、わたしはふいに足を止めた。それからくるりと向きを変え、坂道を上りはじめた。

頭の上に広がる紅葉《こうよう》を、秋の陽《ひ》が照らしている。ゆっくりと石段を進み、ふとコンクリート塀《べい》の上を見ると、大きなあくびをしていた猫《ねこ》と目が合った。

竜宮城《りゅうぐうじょう》みたいな千光寺《せんこうじ》の鐘楼《しょうろう》の横を通り、お地蔵《じぞう》さまにあいさつをして進む。文学のこみちを過ぎたあたりからかけ足になり、スピードを増《ま》していく。きついなあと思ったところで、山頂《さんちょう》の公園に到着《とうちゃく》した。

息が切れていたけれど、そのままの勢《いきお》いで、海側にせりだした大きな岩に飛び乗った。そこから町を見下ろして、両手を広げて深呼吸《しんこきゅう》する。

天寧寺《てんねいじ》の三重塔《さんじゅうのとう》、ぎしぎしと並んだ黒い瓦《かわら》屋根、小箱のようなロープウェイ。線路を走る電車も、商店街のアーケードも、尾道水道《おのみちすいどう》を行きかう船も、みんなまとめて両手で包みこめそうだ。

夕陽が海を金色に染《そ》めたら、対岸の造船所《ぞうせんじょ》にたたずむクレーンたちは、影絵《かげえ》のように見えるだろう。

さっと強い風が吹《ふ》き、耳元で、

「みんな元気か?」

と声がした。

「うん、元気。」

なぜかなつかしい気持ちになって、わたしはこたえる。

「それならよし！」

あ、おじいちゃんの声だ。

そう思ったすぐあとで、頭のてっぺんがじんわりとあたたかくなった。厚《あつ》くて大きな手が、ポンッとそこにのったみたいに。

中山 聖子（なかやま せいこ）　作者
1967年、山口県に生まれる。小川未明文学賞大賞受賞作品「夏への帰り道」を加筆修正した、『三人だけの山村留学』（学研）でデビュー。以降、『チョコミント』（学研。さきがけ文学賞受賞作品「チョコミント」を加筆修正）、『奇跡の犬 コスモスにありがとう』（角川学芸出版。角川学芸児童文学賞受賞作品「コスモス」を加筆修正）、『ツチノコ温泉へようこそ』、『ふわふわ　白鳥たちの消えた冬』（ともに福音館書店）、『春の海、スナメリの浜』（佼正出版社）などを刊行。本作は『べんり屋、寺岡の夏。』（文研出版）につづき、「べんり屋、寺岡」シリーズ2作目となる。山口県宇部市に暮らしながら、執筆活動を行っている。日本児童文芸家協会・日本児童文学者協会会員。

装丁・装画／本文デザイン　濱中 幸子

＜参考文献＞
●『黒猫』エドガー・アラン・ポー／著 富士川義之／訳
集英社文庫 1992

〈文研じゅべにーる〉
べんり屋、寺岡の秋。
2015年8月30日　第1刷
2021年3月30日　第4刷
ISBN978-4-580-82265-8
NDC913　A5判　168p　22cm
作　者　中山 聖子
発行者　佐藤諭史
発行所　文研出版
〒113-0023　東京都文京区向丘2丁目3番10号
〒543-0052　大阪市天王寺区大道4丁目3番25号
代表 (06)6779-1531　児童書お問い合わせ (03)3814-5187
https://www.shinko-keirin.co.jp/
印刷所／製本所　株式会社太洋社